Ce livre a été imprimé
pour le compte des Editions de l'Aire
le 21 mars 2023.

Imprimé en Europe

Patrick Claudet

# Un ami presque parfait

*Roman*

Editions de l'Aire

Avec le soutien conjoint
du Service des affaires culturelles de l'Etat de Vaud
et du Service culturel de la Ville de Vevey

et celui du Service bibliothèque & archives
de la Ville de Lausanne et de la Fondation Oertli

Les Editions de l'Aire bénéficient du soutien de l'Office fédéral de la Culture pour les années 2021-2024.

*A mes parents*

*It is going to be like this*
*Sitting at a bar in Geneva*
*or is it Zurich*
*I can never tell which*

Leonard COHEN
*The Flame*

# Prologue

C'est le lendemain seulement qu'il apprit la nouvelle. Le dimanche, alors que ça bardait au bled, François Monney était au terminal 2 de Londres Heathrow. Sec dans son uniforme, il émettait des billets pour des passagers partant partout dans le monde. En fin d'après-midi, un vol fut retardé. Il fallut changer les réservations de tous les voyageurs qui avaient des correspondances à Zurich. Certains continuaient leur route en Asie, d'autres en Afrique. Pendant trois heures, François et ses collègues se battirent pour arracher les dernières places sur les autres compagnies. Quand il avait un doute, il demandait au chef d'escale ou à ses collègues de vérifier ses trames tarifaires. Pas trop mal pour un *trainee* qui est là depuis une semaine, dit Chris en trifouillant sa moustache pointue aux deux extrémités. Alison lui flanqua un coup de coude, pas bien méchant mais accompagné d'un regard qui aurait semblé sévère si elle n'avait pas tout de suite ajouté que Chris, malgré son air austère d'alcoolique écossais repenti, était un *nice chap*. Le foutoir dura encore une demi-heure, puis le hall se vida. On a bien bossé, bravo, dit Toni en renvoyant tout le monde à la maison.

« C'est un dimanche noir pour l'économie suisse, pour le futur des emplois dans notre pays, pour tous les partisans de l'ouverture dans ce pays. C'est un dimanche noir aussi pour la jeunesse de ce pays qui se trouve privée d'un projet. » Voilà ce que Jean-Pascal Delamuraz avait dit à Berne le 6 décembre 1992. Il était aux côtés de René Felber. Devant la presse, les deux hommes avaient exhibé leur face sidérée après le refus du peuple d'entrer dans l'Espace économique européen. Mais ce soir-là François n'était pas devant sa télévision et la vibration de ce discours grave mit un peu de temps à lui parvenir.

Avant de partir pour l'Angleterre, il avait beaucoup lu sur le sujet mais vite oublié l'enjeu du scrutin. Pour lui qui avait suivi la campagne à travers *Le Nouveau Quotidien*, il n'y avait jamais eu aucun doute quant à l'issue du vote : la Suisse allait adhérer à l'EEE. Jacques Pilet évoquait certes des réunions fiévreuses dans des arrière-salles enfumées en Suisse alémanique, là où un certain Christoph Blocher haranguait ses troupes. De là à imaginer que la peur vaincrait ? N'importe quoi.

Ses parents l'appelèrent vers dix heures, au moment où il émergeait d'un sommeil lourd sans rêve dans son *garden flat* d'Ealing. Ça s'était joué à peu de choses pour le peuple (50,3 %), en revanche la défaite était cinglante au niveau des cantons. L'infographie dans la presse du lundi parle d'elle-même, dit son père. La Suisse romande toute verte était opposée à la Suisse alémanique toute rouge; seuls les deux Bâle avaient dit oui.

François fut terrassé par la nouvelle. Et apparemment il n'était pas le seul. Depuis l'annonce des résultats, la Suisse romande s'agitait, on pointait du doigt cette Suisse alémanique qui se repliait sur elle-même, prenant le risque d'étouffer sa minorité francophone. Les jours suivants, François suivit l'affaire dans *Le Nouveau Quotidien* qu'il recevait avec quelques jours de décalage. Jacques Pilet n'y allait pas de main morte. « Jeter un non rageur et nostalgique dans l'urne est une chose. Faire vivre ce pays au centre du continent sans des règles claires de partenariat est une toute autre affaire: totalement irréaliste, impraticable, suicidaire », écrivait-il dans l'édition du 7 décembre. De la Suisse parvenait aussi l'écho des interventions de parlementaires romands dépités, ou de leurs homologues alémaniques compatissants, qui s'exprimaient exceptionnellement en français. René Felber, lui, refusait toute compassion inutile: « Il ne suffit pas de dire aux Romands qu'on les aime bien. »

De son côté, François avait les nerfs à vif. Il imaginait les Alémaniques jodlant en se tapant les cuisses pour célébrer leur victoire définitive sur les Romands. Pendant quelques jours, il se promit de ne plus jamais adresser la parole à un Toto, un

Bourbine, un Staubirne. Finies les bonnes manières, la guerre était déclarée.

C'est dans ce contexte qu'il fit connaissance de son colocataire. Franz Meyer arrivait de Zurich, où il avait suivi la même formation que lui. Il était originaire de Suisse centrale. Lucerne, plus exactement. La précision semble anecdotique, mais elle était capitale aux yeux de François. Il considérait ce canton et tous ceux qui l'entouraient comme le berceau du mal. Il n'existait selon lui pas de terres plus hostiles aux idées d'ouverture qu'il affectionnait tant. Ces gens-là, pour ne pas dire ces arriérés de Köbi reclus dans leurs vallées encaissées, voulaient fermer la Suisse à double tour. Pourquoi ne pas aller vivre dans les cavernes avec les Mirage ? Une vie tranquille sous le granit des Alpes, sans personne pour saloper le décor. Bientôt une génération de consanguins élevés dans de longs tunnels prendrait le pouvoir et construirait un mur autour du pays, à moins de creuser encore plus profond dans la montagne.

Contraint de lui expliquer les règles de la maison, François consentit – exceptionnellement – à s'adresser à Franz. Il s'exprima en français, sans lui demander s'il parlait la langue ni prendre la peine de ralentir le débit. Il jubila intérieurement quand il vit Franz froncer les sourcils. Il ne pige que dalle ! Il y avait quelque chose de jouissif à voir la mine torturée du Staufifre qui suait pour comprendre François et encore plus pour lui répondre. Son français était tout sauf catastrophique, son accent même assez plaisant et musical, mais bon sang que les mots peinaient à sortir. C'est comme si chaque phrase devait être extraite de sa gorge à la ventouse. Lorsque la discussion s'étalait à n'en plus finir, confinant à l'absurde tant son sujet se diluait dans des silences interminables, François aurait pu parler l'allemand ou l'anglais. Mais non. Il n'avait pas l'intention de consentir le moindre effort, plutôt crever. Il avait l'avantage d'être arrivé quelques jours avant Franz. Il détenait une forme de pouvoir dont il voulait se servir pour venger l'honneur bafoué de ses compatriotes. En Suisse, les Alémaniques régnaient en maîtres ; à Londres, ce serait les Romands.

La stratégie de François fut ébranlée quand il réalisa que Franz maîtrisait mieux le français qu'il ne l'avait pensé, et surtout beaucoup mieux que lui l'allemand. Ses teeshirts célébrant le bicentenaire de la Révolution française ou arborant la tour Eiffel auraient dû éveiller sa suspicion, mais il était trop affairé à nourrir sa haine légitime de l'Alémanique pour s'arrêter à ce genre de détails. François, cependant, ne rata pas les livres d'Albert Camus (*L'Etranger*) et Jean-Paul Sartre (*Les Mains sales*) posés négligemment sur la table du salon à côté de sa pile de *Nouveau Quotidien*. Etait-ce de la provocation ? Forcément. Comment imaginer qu'un ressortissant de la Suisse primitive puisse se lancer dans la lecture de deux classiques que lui-même n'avait même pas lus ? Risible. Non, la volonté de Franz était de lui en mettre plein la vue et, quelque part, de l'intimider. C'est comme s'il avait lui-même fredonné sous la douche « I han es Zündhölzi azündt » de Mani Matter, juste pour montrer qu'il connaissait la culture de l'autre, ou, dans le cas précis, la sous-culture, puisqu'on ne pouvait décemment pas ranger dans la même catégorie Camus, Sartre et un Bernois moustachu qui baragouinait des trucs incompréhensibles en grattouillant sa guitare. François se dit que Franz était le genre de personnes à garnir sa bibliothèque de livres dont il ne comprenait même pas le titre, juste pour impressionner la galerie. Pouvait-on concevoir personnage plus pathétique ?

Quand il le vit un soir sur le canapé avec *L'Etranger* et une bière dans les mains, François l'observa attentivement. Il chercha les signes qui révéleraient la supercherie et les trouva sans peine. Franz tournait les pages bien trop vite. Il n'y avait aucune chance pour qu'il puisse déchiffrer plus de trois lignes dans un laps de temps si court, et il ne se plaignait pas non plus de la musique que François avait mise d'autorité dans le salon. Aurait-il pu, lui, lire Rainer Maria Rilke dans le texte avec un album de Mudhoney ratatinant ses tympans ? Impensable.

Franz finit par abandonner sa lecture. Il écouta le morceau qui faisait vibrer les grandes fenêtres du salon et demanda s'il s'agissait bien de « Magnolia

Caboose Babyshit ». François, occupé à relire un éditorial de Jacques Pilet, leva les yeux vers lui. Parce que tu connais Mudhoney ? Franz partit dans sa chambre et revint avec une pile de CD. Il les passa en revue et en sortit *Every Good Boy Deserves Fudge*. François, piqué au vif, apporta toute sa musique ou presque. Sa réponse fut *Piece of Cake*, acheté l'avant-veille au HMV d'Oxford Street. Sans le savoir, ils venaient de s'embarquer dans une partie de jass musical d'un genre inédit. A tour de rôle, ils brandirent des boîtiers comme autant d'atouts, et, s'ils n'avaient pas cherché d'abord à mettre l'autre K.-O., ils auraient souri devant une évidence cocasse : à eux deux, ils étaient propriétaires d'une discothèque indie et grunge idéale.

Au lieu de s'en réjouir, François chercha une manière de conclure la partie en beauté. Il se rappela qu'il avait encore quelques disques dans sa chambre, dont une compilation Sup Pop de la première heure. Il la tendit à Franz avec un sourire en coin. Il était certain de sa victoire et voulait la savourer. Si seulement Jacques Pilet avait été là pour voir comment il avait maté ce Lucernois...

Franz s'empara du disque dont il lut la liste des morceaux. On peut l'écouter ? Le triomphe modeste même si en son for intérieur il exultait, François coupa « Running Loaded » et joua le CD. Ensemble ils portèrent une oreille attentive au premier titre un peu foutraque de Tad, puis François passa directement à « Spank Thru » qu'il présenta comme une rareté de Nirvana. Et toc. Il se vautra sur le canapé pour savourer silencieusement sa victoire. La Suisse n'entrerait pas dans l'EEE, mais il aurait au moins rétabli un semblant de justice confédérale dans ce *garden flat* londonien. La culture, c'était le domaine de compétence des Romands, personne n'y changerait rien.

Après moins d'une minute, Franz se leva. François l'entendit farfouiller longuement dans ses affaires. Que pouvait-il bien chercher ? Sans doute un disque de Gotthard, Züri West ou Polo Hofer. François pouffa et ressentit une compassion inattendue envers son colocataire qui n'avait pas encore compris que la partie était pliée. Franz revint avec un boîtier rectangulaire. Il arrêta le lecteur CD et ouvrit le compartiment à cassette pour y glisser celle qu'il avait sortie de ses bagages. Tu es prêt ? François hocha la tête mais resta affalé. Il n'y avait rien à attendre de cette manœuvre désespérée ; Franz cherchait juste à rendre sa défaite moins amère.

Dès le premier riff, François se redressa. Le son rocailleux de la guitare, l'attaque des accords, la production lo-fi, il lui semblait reconnaître le style et pourtant il se refusait à l'évidence. Ça n'était quand même pas Nirvana… Puis la voix de Kurt Cobain surgit et le doute ne fut plus permis : c'était bien Nirvana. François dut faire une moue car Franz prit un air satisfait. C'est « Sappy », un inédit.

Un ami du frère d'un copain avait reçu la cassette d'un cousin qui étudiait au Percussion Institute of Technology à Los Angeles. Depuis l'avènement de Nirvana, les *demo tapes* circulaient dans le milieu professionnel. Personne ou presque ne connaît ce morceau-là, insista Franz. Pas mal, dit François en parvenant à garder un visage digne. Sa figure, pourtant, se craquela quand un second titre, tout aussi obscur et inédit, suivit.

Ce retournement de situation prouvait qu'il fallait toujours se méfier de l'Alémanique. Il gagnait la confiance du Romand en partageant un moment de complicité avec lui, n'hésitant pas à lui taper dans le dos, mais ce n'était jamais que pour lui rappeler tôt ou tard que c'était lui le patron. René Felber avait raison : la duperie avait trop duré. Ce soir-là, François admit sa défaite mais sut qu'il était de sa responsabilité de mettre un terme définitif à cette hypocrisie.

Les jours suivants, il envisagea d'écrire à Jacques Pilet. Que ferait le journaliste dans sa situation ? Fallait-il placer un engin explosif dans la chambre de Franz ? Rien de très puissant, une bombinette similaire à celles que l'Armée républicaine irlandaise abandonnait dans les commerces ou les stations de métro de la capitale. Mais de quoi instaurer un climat de défiance et craqueler l'hégémonie alémanique. Après réflexion, l'option lui parut trop sage, et même assez puérile. A quoi bon détruire la chambre de Franz et toutes ses affaires ? Dès le lendemain, il se rachèterait tout et jamais il ne pourrait croire que son charmant voisin welsche avait voulu s'en prendre à lui. Non, la piste terroriste était vouée à l'échec ; il fallait aller au combat soi-même, privilégier le corps à corps et le terrain des idées. C'est-à-dire confronter Franz à la décision de ses compatriotes au sujet de l'EEE. Son colocataire ne partageait pas forcément l'avis de la majorité – après tout il avait 20 ans comme lui –, mais il allait devoir répondre de tous les casques à boulons qui avaient glissé le faux bulletin dans l'urne.

François lança la discussion un matin où ils se marchaient dessus dans la cuisine. C'était un samedi et la tempête qui agitait les grands arbres au fond du jardin les avait retenus à la maison.

– Et toi tu as voté quoi le 6 décembre ? dit François.

Il glissa deux tranches de pain pâle dans le toasteur et se tourna vers Franz qui remplissait le filtre de la machine à café.

– J'ai pas eu l'heure de voter.

Bien essayé, pensa François. Mais le Staubirne n'allait pas s'en tirer aussi facilement.

– Si tu avais eu le temps, tu aurais voté quoi ?

Franz mit de l'eau dans le réservoir et appuya sur le bouton. La cafetière se mit à glouglouter et l'eau bouillante ne tarda pas à goutter sur le café moulu.

– J'aurais voté avec tout le monde.

François récupéra ses deux premiers toasts et en prépara deux autres. L'Alémanique d'ordinaire si direct se montrait fourbe, il allait falloir ruser.

– Comme tout le monde en Suisse romande, tu veux dire, dit-il.

Franz l'observa tandis qu'il posait le beurre et la confiture sur la table à manger du salon. Il n'avait pas l'air embarrassé par la conversation. Comme pour prouver à François qu'il ne cherchait pas à se défiler, il dit qu'il aurait voté comme tout le monde *en Suisse alémanique.*

– J'aurais dit non, sans doute, dit-il.

– Ah ouais, et pourquoi ?

– Pfft... D'abord l'EEE, après l'adhésion.

Franz prit deux tasses dans l'égouttoir et les posa sur la table en même temps que le café. François le rejoignit avec une demi-douzaine de toasts empilés sur une assiette ébréchée.

Ils étaient assis l'un en face de l'autre, mais aux deux extrémités de la table. Ils tartinèrent leur pain en silence, chacun concentré sur sa tâche, tandis que le bruit de la pluie tambourinant contre les grandes fenêtres du salon recouvrait la musique – un album de Led Zeppelin. On aurait pu penser qu'ils étaient les deux en train de ressasser leur discussion. Mais, contrairement à son colocataire, Franz n'avait pas l'air spécialement tracassé par cette thématique européenne. Il n'hésitait pas à solliciter François pour qu'il lui passe le sucre ou la confiture, allant jusqu'à se lever pour lui resservir du café, alors que François évitait tout contact visuel. Le mutisme de l'autre lui pesait, il le prenait pour une forme de mépris. Un peu comme lorsque dans un couple un conjoint évoque un sujet qui lui tient à cœur, et dont il aimerait débattre, mais qu'il se heurte à l'indifférence de l'autre.

– Ça ne te pose pas un problème d'être Suisse allemand ? dit François.

Franz fut surpris par la question et le ton belliqueux. Il haussa les épaules et continua à mâcher.

– Je te pose la question parce qu'il y a quelque chose que tu n'as pas encore très bien compris. A cause de cette votation, le pays risque d'exploser. Il n'y aura bientôt plus de Suisse. Et ça, c'est la faute des Suisses allemands.

– La Suisse va exploser ? répéta Franz la bouche pleine.

– Ben oui... Comment on va pouvoir continuer à vivre avec vous ?

Franz but une gorgée de café et abandonna son toast.

– Je pense qu'on a sauvé le pays, dit-il.

– ...

– On l'a sauvé et un jour vous nous dites merci.

– Vous l'avez sauvé de quoi exactement ?

– D'un *Zerfall*, comment on dit en français ?

– C'est quoi, ça ?

– *Zerfall*, c'est quand il y a tout qui part en morceaux...

François constata que la pluie avait redoublé. Elle formait un rideau opaque qui obstruait la vue, comme si elle avait englouti le gazon, les arbres et les maisons. C'était la fin du monde et elle coïncidait avec la fin de la Suisse, tous les astres étaient alignés.

– Je pense que ton histoire, c'est une grosse connerie, dit François. La désintégration sera la conséquence de cette votation.

Franz se leva pour aller préparer une nouvelle cafetière.

– Tu sais quoi qui va se passer si on va dans la Communauté européenne ? dit Franz en remplissant le filtre.

François soupira de dépit. Le Toto se lançait dans une entreprise de persuasion, il ne manquait plus que ça. Comme il n'avait aucune envie d'entendre les arguments de mauvaise foi d'un pauvre type qui s'était fait bourrer le mou par Christoph Blocher, il ne moufta pas. Il espérait que Franz, découragé par son manque d'intérêt, se tairait.

– La Suisse disparaîtra dans l'Europe.

– …

– S'il n'y a plus de frontières, alors il y aura plus de Suisse. Vous irez avec les Français, nous avec les Allemands, les Tessinois avec les Italiens.

– Tu oublies les Romanches…

– J'oublie personne. On protège les Welsches et on protège la Suisse.

Ce délire paternaliste choqua François. Du coup, il ne sut plus quoi répondre. Les Alémaniques étaient-ils si enivrés de leur pouvoir qu'ils avaient le sentiment de devoir protéger les Romands d'eux-mêmes ? Il aurait voulu dire à Franz que le vote, en réalité, plongeait la Suisse dans un isolement d'une extrême gravité. Jacques Pilet l'avait écrit en ces termes précis dans l'un de ses billets et François partageait cette opinion. C'était d'autant plus dramatique que la majorité des Suisses avaient choisi cette voie-là pour les mauvaises raisons. Jusqu'à preuve du contraire, le Portugal n'était pas l'Espagne et l'Allemagne n'avait pas encore fusionné avec la France. Mais la simple perspective d'énoncer ces évidences épuisait François. Il était déçu de voir à quel point la pensée alémanique était monolithique et conditionnée par une angoisse existentielle complètement infondée.

– Je crois qu'on ne sera jamais amis, trancha François.

– *So be it.*

Dans l'après-midi, après que Franz fut sorti faire quelques courses, François repensa à leur discussion. Il maudit son manque de pugnacité. Oui, il s'était vraiment montré nul. A présent qu'il était seul, les répliques jaillissaient spontanément dans son esprit. Il aurait dû demander à Franz s'il était raciste comme tous les Bourbines. Au lieu de ça, il avait avorté piteusement le débat.

Allongé sur son lit, la tête posée sur ses mains croisées, François contempla mentalement le gouffre qui s'ouvrait devant lui, et qui se creusait aussi au pays, là où les Romands organisaient une riposte désordonnée contre le diktat alémanique. La réalité était à la fois terrible et enivrante : la Suisse allait disparaître non pas parce que le pays rejoindrait l'EEE, mais parce que les Alémaniques avaient refusé d'y entrer. Ce serait la fin d'une aventure entamée en 1291 sans les Welsches, et dont la mythologie alpestre avait été ravivée au XIXe siècle à des fins purement politiques, quand il avait fallu donner à une population protéiforme un sentiment d'appartenance à une patrie faite de bric et de broc. Sans doute les anciens verseraient-ils une larme. Les jeunes, eux, élèveraient ce jour au rang de nouvelle fête nationale.

Dans l'intervalle, François s'arrangea pour ne plus croiser son colocataire. Leurs horaires étaient décalés, ça n'était pas trop dur. Des fois, il fallait néanmoins feinter pour ne pas se retrouver nez à nez avec le Toto. C'était surtout le cas le week-end, quand François rentrait d'un *shift* matinal le dimanche, ou qu'il avait congé le samedi. Tant que Franz n'avait pas quitté le *garden flat*, il s'arrangeait pour glander dans sa chambre ou se faufiler discrètement dans la salle de bain, à moins de s'en aller sans dire un mot, quitte à se brosser les dents et pisser au centre commercial. L'art de l'esquive qu'il développa mobilisa d'abord beaucoup de son énergie, jusqu'à ce qu'il devienne l'équivalent d'une seconde nature. Oblitérer de son esprit l'existence de Franz fut un jeu d'enfant. Comme il passait le reste de son temps à l'aéroport ou dans le West End, François finit même par croire à ses propres mensonges. Il vivait seul à Ealing et c'était très bien ainsi.

Un dimanche qu'il rentrait de l'aéroport en milieu d'après-midi, il trouva la maison vide. Dehors, le ciel commençait à se découvrir et un rayon de soleil perça les nuages pour éclairer fugitivement la pelouse. Une tasse de thé fumante dans les mains, il observa longtemps la lumière qui apparaissait et disparaissait dans le jardin, apportant une touche de poésie à cet instant banal. François aimait sa nouvelle vie en Angleterre, il en appréciait la simplicité et ne se lassait pas des petits plaisirs dont elle le gratifiait. Il lui suffisait de déambuler dans les allées d'un Safeway pour se sentir dépaysé ; les produits ne ressemblaient pas à ceux qu'il y avait en Suisse.

François fouilla les placards et le frigo. Il avait une fringale mais la flemme de se cuisiner des pâtes. Il n'y avait qu'un yogourt périmé et une pomme flétrie, la misère.

Il entra dans la chambre de Franz. Tout était impeccablement rangé, des livres et flacons divers sur sa table de chevet à ses chemises cintrées dans le placard grand ouvert, en passant par ses CD empilés à côté d'une minichaîne stéréo. Il s'avança jusqu'à la commode : le premier tiroir contenait des sous-vêtements et des chaussettes, le deuxième des pullovers et des jeans répartis en deux tas, le troisième un véritable trésor de guerre. François s'agenouilla pour admirer sa trouvaille, dont il avait suspecté l'existence à force de voir le Bourbine ressortir de sa piaule le bec toujours plein. Il y avait là l'équivalent d'un panier de courses bien remplis, non pas de produits anglais, mais suisses. Farmer Soft Pomme, Chocoly Oulevay, Japonais Wernli, Ragusa, Kägi Fret, Rivella rouge, brosse à dents Trisa, etc. : le tiroir offrait une anthologie spectaculaire de produits que François achetait lui-même au pays. Il resta de longues secondes devant cet assortiment délirant, interprétant d'abord son embarras comme le signe de son incapacité à choisir, puis comprenant qu'une autre chose, plus intime et déconcertante, se tramait en lui.

Il mit la confusion sur le compte de sa fringale et prit un Kägi Fret avant de sortir dans le jardin. L'air était doux, le ciel dégagé ; la soirée s'annonçait magnifique. Il marcha sur les dalles branlantes et s'arrêta à la lisière du gazon, où il engloutit son snack. Face à lui, les grands arbres agitaient leurs feuilles. Le décor apaisait son angoisse à mesure qu'il se goinfrait, sans arriver toutefois à tuer les pensées impures qui le perturbaient.

L'idée saugrenue qui le tracassait était la suivante : les Romands étaient plus proches des Alémaniques que des Français, et les Alémaniques des Romands que des Allemands, parce qu'ils faisaient tous leurs courses à Coop et Migros. Chaque jour, ils arpentaient les allées de supermarchés dont la signalétique était strictement similaire. Chaque jour, ils mettaient dans leur caddie les mêmes briques de lait UHT, les mêmes yogourts moka, les mêmes paquets de chips Zweifel, les mêmes saucisses de veau vendues par paire. Chaque jour, ils ressortaient de ces points de vente avec les mêmes cabas arborant les mêmes logos de la même couleur, cet orange qui aurait très bien pu remplacer le rouge du drapeau.

François comprenait brusquement la puissance de la grande distribution : elle façonnait dans l'ombre les habitants d'un pays. Peu importe finalement si les Welsches et les Bourbines ne se comprenaient pas ; leurs réflexes quotidiens se rejoignaient à la caisse du supermarché. Certes, le service militaire et la démocratie directe comptaient, mais c'était du pipi de chat en comparaison de Coop et Migros. Aucun conseiller fédéral ni parti politique n'avait fait autant que ces deux géants au XX^e^ siècle pour la Suisse. Ce n'était pas tant la victoire du capitalisme sur la politique que le triomphe de la matière sur l'esprit. Tant que les Suisses achèteraient le même tube d'Elmex ou de Cenvois, l'unité du pays – ce patchwork improbable – tiendrait bon.

François termina sa barre et se lécha les doigts. Si sa réflexion l'avait ramené par la pensée au pays, elle s'interrompit à cause de l'arrivée simultanée d'un vent froid et de gros nuages. Il rentra et la pile de *Nouveau Quotidien* sur la table basse acheva de lui remettre les idées en place. Pendant quelques instants, son esprit avait divagué, parvenant presque à lui faire croire qu'il avait des points communs avec le Toto moyen poussant son caddie. Cinq minutes de plus, et il aurait clamé haut et fort qu'il aimait les Birkenstok et les cravates Mickey. Encore heureux que la météo anglaise lui avait foutu le coup de pied au cul dont il avait besoin pour retrouver sa hargne. Jacques Pilet comptait sur lui pour mener un combat âpre, de longue haleine et à l'issue incertaine, il ne pouvait pas le décevoir par pur sentimentalisme ou parce qu'il s'était soudain bombardé philosophe ou sémiologue.

Juste avant de partir au Safeway, il rédigea une petite liste de courses à la fin de laquelle il ajouta « bière ». Il ne l'aurait pas forcément admis, peut-être même n'en avait-il pas conscience, mais c'était au cas où Franz et lui voudraient boire un coup en soirée. L'éventualité était peu probable – impossible de faire comme si le 6 décembre n'avait pas eu lieu –, mais, après tout, on pouvait haïr les Suisses allemands et trinquer avec l'un d'eux plutôt que de descendre seul sa Boddingtons, surtout quand le spécimen en question possédait des inédits de Nirvana sur cassette. Ils n'auraient certainement rien à se dire, mais la voix éraillée de Kurt Cobain se chargerait de couvrir le silence inconfortable qui planerait entre eux. L'illusion d'une Suisse une et indivisible perdurerait momentanément, entretenue à coup de bitter anglaise, puis ce serait l'effondrement final.

# Première partie

# 1

La salle était bondée et le spectacle avait commencé depuis un bon quart d'heure. Immobile devant la porte latérale qui venait de se refermer, François scruta la pénombre. Les spectateurs étaient serrés sur les gradins, le regard rivé sur la scène, où une sorte de fantôme déambulait en butant contre des obstacles improbables – sofa, caddie, portemanteau, cuvette de W.-C., etc. Le corps rigide sous son drap scintillait dans la poursuite ; il semblait condamné à l'errance et François aurait aimé qu'il trouve un interrupteur ou allume une torche, n'importe quoi, pourvu que la clarté se fasse et qu'il puisse se repérer dans le trou noir où il venait de se jeter.

Le fantôme s'immobilisa. Des mains levèrent le drap, dévoilant le visage d'une femme. Elle se mit à grimacer, les paupières closes, la face prisonnière du tissu étincelant.

François entreprit l'escalade des gradins. Il avança tel un funambule et s'appuya sur la tête de spectateurs, qui râlèrent. Il s'en foutait, il voulait trouver une place, et vite. La nuit opaque l'oppressait autant que ce qui se passait sur les planches. Le fantôme continuait de tortiller sa nuque dans son linceul, au secours ! C'était incompréhensible et la lumière faiblissait à vue d'œil... Bientôt, ils seraient tous noyés par l'obscurité et personne ne ressortirait jamais de cette salle qui deviendrait leur tombeau.

D'un coup, les projecteurs s'allumèrent. Une demi-douzaine de squelettes étaient plantés autour de la femme. Elle, pourtant, ne paraissait pas les voir. « Jamais plus je ne pourrai supporter la présence de l'Autre. L'Autre n'est pas moi et je ne serai jamais lui. Ensemble nous ne pourrons que détruire le peu de bonheur que nous avons jamais connu. J'implore ta clémence, grand soleil, je prie pour que tu entendes ma prière, source de toute vie, je me jette à tes pieds, éternel compagnon, pour que tu prennes pitié de la femme que j'étais et que je ne veux plus être », dit le fantôme.

La tirade dite d'un ton dur avait torturé les traits de l'actrice. François était sidéré par sa force impérieuse. Déjà, elle reprenait : « Tue la vie qui est en moi. Détruis-la pour qu'elle quitte mon corps. Je n'en peux plus d'attendre la fin des temps. Achève-moi, je t'en conjure... » Les squelettes se mirent à chouiner. « Tu ne mourras pas », dit l'un d'eux, avant d'ajouter : « Tu vivras et souffriras jusqu'à ce qu'Il veuille bien te prendre en pitié et t'enterrer vivante dans la terre de tes ancêtres. » La femme se jeta sur le sol. Tous les squelettes se massèrent autour d'elle et crièrent « tu vivras et souffriras » dans une tintamarre abrutissant.

Le fantôme attaqua les squelettes qui tombèrent comme des quilles ; il s'avança vers le public puis releva le menton pour fixer la lumière. « Eh bien soit ! Je vivrai dans l'attente d'une mort qui se refuse mais je n'aimerai plus l'Autre. »

François se commanda une bière au bar du théâtre. Il était au Grütli, pas à la grande salle du sous-sol, mais à celle du troisième. A l'issue du spectacle, le public s'en était allé en livrant ses commentaires à chaud. Lui s'était dirigé vers le bar en tentant d'attirer l'attention du serveur qui claquait une bise à tous ses amis, et ils étaient nombreux.

Après la première gorgée, François se posta dans un coin et observa les gens. Beaucoup d'hommes portaient la barbe et leurs cheveux décoiffés ressemblaient à des mikados. Les femmes, elles, avaient souvent des tatouages, la coupe au carré ou les cheveux coiffés en arrière. Tous fumaient et partageaient un point commun qui les distinguait de François : ils étaient sapés comme des modèles. Ce n'est pas qu'ils faisaient l'étalage d'un luxe ostentatoire, ils semblaient juste vouloir affirmer leur personnalité à travers un style finement étudié. Tout l'inverse de François, donc, pour qui les vêtements étaient un mal nécessaire, et qui portait soit un costard trop grand et élimé lorsqu'il avait un engagement professionnel comme ce soir-là, soit un jean et le premier sweat-shirt venu le reste du temps. C'était comme ça, il n'avait jamais investi le temps ou l'argent pour se forger un look à l'image de sa personne.

Mais savait-il qui il était vraiment ? Il y a trois mois, il aurait répondu par l'affirmative. Aujourd'hui, il n'était plus sûr de rien. L'incertitude qui s'était insinuée dans son existence le déstabilisait, elle l'avait transformé en bête craintive ou hargneuse, selon les circonstances. Il termina sa bière d'une traite et s'apprêtait à en commander une seconde quand il vit deux femmes arriver. C'était Carole Berger et l'une des autres comédiennes de la pièce, le visage encore couvert de sueur et marqué par l'effort physique qu'elle venait de livrer. Forcément : Carole, alias le fantôme, avait couru dans tous les sens jusqu'à la fin, talonnée par les petits squelettes, et gesticulant pour s'en débarrasser.

François fit un pas dans leur direction. Carole s'arrêta net. L'amie s'en alla vers l'un des groupes qui l'accueillit à bras ouverts.

– Tu étais super, bravo, dit-il à Carole.

Elle le considéra avec méfiance et détourna légèrement la tête quand il voulut l'embrasser sur les lèvres.

– J'ai cru que tu ne pouvais pas venir.

– Je suis parti avant la fin. De toute façon, c'est toujours pareil, ces soirées d'agents de voyage. On y va ?

Elle lorgna l'autre comédienne, au bar avec des amies, puis constata que le reste de la troupe sortait des coulisses.

– Alors ? dit François.

– C'est juste que j'avais prévu d'aller manger avec les autres.

– Tu sais que demain je dois me lever tôt. J'ai ce truc à Zurich.

Carole le fuyait du regard. Il prit ses mains dans les siennes et approcha son visage du sien.

– Ça me ferait vraiment plaisir qu'on rentre ensemble. Avec tes répétitions et mon journal, on ne s'est plus trop vus ces derniers temps.

Carole se laissa cajoler et redressa le menton, esquissant un sourire.

– Et pourquoi tu ne rentrerais pas déjà ? dit-elle.

– …

– Mais oui, c'est plus simple. Je te rejoins à la maison.

# 2

Franz était penché sur une calculette minuscule dont il écrasait les touches riquiquis avec son index droit. Le gauche, lui, glissait sur une feuille où s'étalaient des chiffres, beaucoup de chiffres et encore des chiffres, qu'il devait additionner sans rater une ligne. C'était la énième fois qu'il tentait l'opération, l'agacement pointait. Il avait eu beau s'invectiver, quitte à se violenter – un gamin de cinq ans pourrait le faire, *gopfertami*, réveille-toi ! –, il obtenait chaque fois une somme différente. Super, je viens de gagner trois cent balles de plus, grinçait-il en reprenant tout depuis le début.

Quand il réalisa que le nouveau résultat se rapprochait du précédent mais différait de quelques dizaines de francs, il balança le bout de plastique dans la poubelle. Devant lui, sa liseuse illuminait un bureau en guerre, champ de bataille jonché de paperasse, classeurs, documents à classer et tasses à café au fond bruni. S'il avait su où se fourrait sous ce fatras le clavier de son ordinateur, il aurait pu réaliser l'opération dans Excel. Mais l'idée de remuer ce merdier l'épuisait d'avance et tuait tout esprit d'initiative. Sans compter qu'en réveillant la bête, il serait d'un coup assiégé par tout plein d'e-mails à traiter de toute urgence.

Les mains derrière sa nuque, il leva les yeux. Derrière la paroi vitrée de son bureau, l'obscurité totale. Aucun collègue en vue, tous partis avant dix-neuf heures, quand il faisait encore plus ou moins jour. A près de vingt et une heures, l'évidence s'imposait: il avait fait des heures sup pour rien. Même pas foutu finaliser l'offre d'un trou du cul qui commanderait de toute manière en Chine, voilà où il en était.

Sur le seuil surgit une silhouette. C'était Sven Minder, son chef direct. Entre eux plana un bref instant de silence, durant lequel ils se dévisagèrent sans qu'aucun ne veuille baisser le regard en premier. Sven finit par lui demander dans un *Züridütsch* auquel il ne s'était toujours pas habitué s'il bossait encore sur *son* truc. L'emploi du déterminant possessif fit tiquer Franz intérieurement, dans la mesure où il avait hérité de la patate chaude en début d'après-midi, sans rien demander à personne et au mépris des dossiers sur lesquels il suait.

– J'ai presque terminé, dit-il.

– Tu mettras le machin sur mon bureau. J'y vais.

Durant leur court échange, Franz s'était raidi, contractant les muscles et serrant la mâchoire.

Maintenant il sentait ses jambes et ses bras se relâcher, jusqu'à pendre de son tronc comme des serviettes mouillées. Il considéra d'un œil méfiant les calculs étalés devant lui. Aurait-il le courage de s'y remettre ? Jamais de la vie. Il rassembla les feuilles, empila les tasses et traversa les bureaux sombres pour les déposer à la cuisine.

De retour à sa place de travail, il enfila son veston et s'assura que son paquet de cigarettes était bien dans sa poche. Il était sur le point d'éteindre sa liseuse quand son regard tomba sur la petite merde noire au fond de la corbeille. Sans réfléchir, il la prit et se rassit.

La tête en arrière, les yeux grands ouverts malgré les gouttelettes qui tombaient du ciel, il recracha la fumée et la regarda se dissiper dans les airs. Il aurait pu entrer dans le pub avec sa cigarette, mais il préférait la terminer à l'extérieur. Après la soirée qu'il venait de vivre, Franz avait besoin de se dégourdir les jambes et de prendre l'air. Chacune de ses inspirations passait par le filtre d'une Marlboro, mais ça n'avait pas d'importance. Il compenserait en prenant un jus de fruit. A l'intérieur, le patron affairé derrière le bar le salua de la main. Franz lui fit comprendre qu'il n'allait pas tarder à entrer.

A cette heure-là, la Niederdorfstrasse était plutôt calme. Il y avait de jeunes bourrés qui riaient en zigzaguant et que les gens pressés contournaient en ignorant. En face de lui, Franz vit un ivrogne qui fouillait les poubelles. Il l'apercevait souvent et il lui était même arrivé de lui donner une pièce. Comment pouvait-on être ainsi éjecté de la société, jusqu'à se nourrir des sandwichs jetés par les autres et traîner en vêtements sales toute la journée ? Il tira une dernière fois sur sa clope et entra.

A l'intérieur, la musique jouait à pleins tubes. Elle était comme d'habitude insipide, mélange de vieux hits et de titres vaguement entraînants, mais tant pis ; il ne fréquentait pas ce lieu enfumé pour parfaire son éducation musicale. Il était là pour oublier la journée morbide qu'il venait de vivre. Songeant à la dernière offre qu'il avait bouclée n'importe comment vers vingt-trois heures, il se demanda si l'option du jus de fruits était la plus appropriée. Le patron résolut le dilemme en déposant d'autorité sur le comptoir la grande bière qu'il avait coulée pendant qu'il terminait sa cigarette. Franz s'assit à sa place habituelle. S'il aimait ce bistrot, c'est parce qu'on le connaissait par cœur. La quintessence du service : apporter au client ce qu'il aime, à l'instant où il en a envie, même s'il ne le sait pas encore – la grande classe.

Derrière lui, un groupe de soldats buvaient et fumaient, tandis que trois hommes, tirés à quatre épingles et conversant discrètement, se tenaient debout près de la porte.

Deux jeunes femmes dans la vingtaine entrèrent et s'installèrent au comptoir. Franz les observa du coin de l'œil : la première était blonde et grande, la seconde brune et mignonne. Toutes deux avaient l'air bien lunées. La blonde opta pour un rhum coca, la brune pour une Guinness.

Franz tendit l'oreille. Les deux amies sortaient de chez une collègue où elles s'étaient bien fait chier. En tout cas, elle ne s'est pas cassé la tête avec le repas, disait la brune. Des spaghettis sans sauce, du jamais-vu, confirmait la blonde. Et puis ce vin, une horreur. Ah ouais, un vrai poison, j'espère que je n'ai pas un trou dans le bide. Elles se mirent à rire et accueillirent avec un petit cri de ravissement leurs consommations.

Franz tourna discrètement la tête dans leur direction. La brune lui plaisait vraiment beaucoup, même si d'ordinaire il penchait plutôt pour les blondes. Son nez vu de profil avait l'élégance d'un marbre antique et son oreille gauche surgit comme un coquillage nacré sur une plage dorée quand elle coinça ses cheveux derrière. Il attendit que l'une d'elles regarde dans sa direction – ce fut d'abord la blonde – pour trinquer à distance avec elles. La brune se retourna, brandit sa Guinness et lui adressa un sourire.

En temps normal, Franz aurait profité de cette ouverture pour entamer tout de suite la conversation. Il avait un certain talent pour créer le contact. Ça pouvait être anodin – est-ce que je peux vous offrir un verre ? – ou plus téméraire – vous ne trouvez pas qu'il y a trop de bruit ici ? –, voire carrément rentre-dedans – suivez-moi et ne dites-rien… Mais quand la fille venait de recevoir sa commande, l'esprit devait trouver un plan B. L'hiver précédent, il avait beaucoup plaisanté au sujet du bug de l'an 2000, dont tout le monde attendait l'avènement avec un mélange de curiosité et de crainte véritable, et qui s'était au final révélé la dernière arnaque – sans doute la plus lucrative – du deuxième millénaire. Mais jusqu'à ce que les ordinateurs ne se rallument tranquillement le 1er janvier, il avait régné un flou qui avait profité à pas mal de filous. Dans sa boîte, un type avait été engagé pour évaluer la situation et Franz l'avait souvent vu rôder dans les bureaux, s'asseyant parfois derrière son écran ou celui de ses collègues, tapant sur le clavier comme s'il interprétait un prélude de Chopin, lui qui se présentait volontiers comme un virtuose de la *chose informatique*, puis repartant sans dire un mot avant de s'enfermer dans la salle péniblement ventilée où s'entassaient les serveurs en surchauffe permanente. C'est l'histoire de ce type, sorte de Heino sans les lunettes, que Franz avait souvent racontée lorsqu'il avait approché les inconnues croisées dans ce pub ou d'autres bars.

La brune but une longue gorgée de Guinness, et, juste avant de se tourner vers son amie blonde pour poursuivre leur conversation – il était maintenant question des intrigues que la collègue manigançait dans leur dos, le genre de coups bas qui compromettent une réputation, comme lorsqu'elle relevait d'un air faussement détaché que deux collègues arrivaient le matin systématiquement avec deux minutes d'intervalle ou que les tranches de pain de leur sandwich au jambon et à l'emmental avaient curieusement la même épaisseur –, elle lorgna Franz.

Franz savait que c'était à ce moment-là qu'il fallait agir. Dans la vie comme dans l'aviation, tout est question de *slot*. Pendant quelques minutes, un avion peut décoller et s'insérer dans un couloir aérien ; une seconde d'hésitation et le départ est retardé. Avec l'expérience, Franz savait qu'il en était de même avec les femmes. Une porte s'entrouvrait, qui pouvait vite se refermer si rien n'était entrepris.

– Est-ce que je peux vous offrir un verre ? dit-il.

– Je préfère les boire un à la fois.

Franz ne sut pas quoi répondre. Etait-ce à cause de sa soirée merdique au bureau ? D'ordinaire, il avait le sens de la répartie, personne n'arrivait jamais à lui clouer le bec, mais là il séchait.

– Mais je vois que vous avez fini votre bière, reprit la brune. Vous en voulez peut-être une autre ?

Elle avait les yeux braqués sur lui et l'intensité des billes brunes qui le dévisageaient ébranla Franz. Depuis quand les nanas offrent des verres aux mecs, se demanda-t-il, troublé voire choqué de l'audace de cette inconnue qui inversait les rôles avec un naturel confondant. Dans quel genre de faille temporelle s'était-il fourré ? A une époque, il avait dépensé chaque week-end une fortune en bières, rhums cocas et eaux minérales pour les femmes qu'il avait abordées spontanément. Et voilà que c'était à lui qu'on voulait payer un verre… Se pouvait-il que le monde ait changé pendant qu'il était en train de manipuler ces chiffres à la con ? La question méritait réflexion, mais ce n'était pas celle que la brune venait de lui poser.

– Alors ? dit-elle.

Le silence se prolongea. Le temps pour Franz de rassembler ses esprits et d'intégrer cette nouvelle donne, totalement surprenante et sans doute éphémère, en vertu de laquelle une femme pouvait désormais offrir une consommation à un homme qu'elle ne connaissait pas dans un bar.

– Volontiers, dit-il. Merci.

Le patron lui coula une nouvelle pression. Pendant sa manipulation qu'il suivit du coin de l'œil parce qu'il fallait bien se donner une contenance, Franz hésita entre sourire et afficher l'air sérieux qu'il prenait généralement pour intriguer et impressionner ses interlocuteurs. Il opta pour la seconde option, histoire de reprendre le contrôle de la situation, mais rien ne marchait avec cette jolie brune.

– Pourquoi tu restes aussi loin ? Rapproche-toi, dit-elle le plus naturellement du monde.

Intriguée, peut-être, impressionnée, sûrement pas. Franz tira son tabouret vers les deux jeunes femmes.

– Je m'appelle Monica.

– Franz.

Il leva sa bière pour trinquer.

– Tu travailles dans le coin ? demanda-t-elle.

– Non, pas vraiment. Mais j'habite tout près.

– Journée de merde ?

Franz lâcha un petit rire nerveux.

– Quoi ?

– Ben oui. A voir ta tête.

– Ma tête, mais non... Je vais bien. La journée était... normale.

– Alors super.

Monica sembla sur le point de se désintéresser de lui, d'autant que l'amie à qui elle avait jusqu'alors tourné le dos montrait des signes d'impatience. Franz comprit qu'il devait improviser.

– Journée de merde, tu as raison.

– Les collègues ?

– Non, mon chef. Un vrai connard, je te jure.

– Bienvenue au club !

Elle recula sa chaise haute pour intégrer sa collègue à la discussion.

– C'est Inge, dit Monica. On bosse ensemble.

Franz la salua. Inge se contenta de hocher la tête.

– En fait, ce n'est pas vraiment mon chef qui m'énerve, poursuivit Franz. C'est la direction. Depuis que la boîte a été rachetée par des Allemands, ça craint.

– Tu travailles dans quel secteur ?

– On fabrique des brossettes pour les dentistes. Et tout plein d'autres outils professionnels.

– O.K.

– Le modèle commercial, les innovations techniques, tout ça date de la grande époque. Maintenant que les *Gummihäls* sont aux commandes, la seule chose qui compte, c'est le rendement. Le reste, c'est-à-dire nous, les employés, et la qualité des produits, ils s'en fichent complètement... Mais bon, ce n'est pas pour ça que je ne fais pas bien mon boulot. Bien au contraire. Je m'investis à fond et je prends toujours mes responsabilités. De toute manière, quoi qu'on fasse, il faut toujours prendre ses responsabilités. On est payés pour faire un job, on le fait du mieux qu'on peut et quand on se plante il faut savoir reconnaître ses erreurs, voilà tout.

Franz observa Monica et Inge pour mesurer l'impact de sa tirade. Monica avait hoché la tête avec conviction quand il avait critiqué le management mollasson des Allemands, et l'emphase qu'il avait mise dans la suite de son discours, loin de la rebuter, semblait l'avoir séduite.

– Et moi je dis toujours, si on se comporte mal, si on foire un truc, ça finit par nous retomber sur la tête. Ce n'est pas plus compliqué que ça.

– Tu ne serais pas un peu bouddhiste ? demanda Monica en riant.

Franz but une gorgée et se délecta du petit rire pétillant de la jeune femme.

– J'adore le bouddhisme, c'est clair. Mais là je te parle de l'honnêteté, et pas seulement au boulot. Dans la vie, et dans le couple surtout, c'est important d'être sincère.

Inge, la blonde, semblait moins réceptive. D'emblée, elle avait paru réticente à l'idée de laisser Franz pénétrer dans leur cercle et pas une seule fois elle n'avait pris la parole, à l'inverse de Monica qui se montrait très volubile. Pouvait-on imaginer deux amies aussi dissemblables ? Franz était contrarié par sa présence, et par sa tête de pisse-froid fronçant obstinément les sourcils en signe de désapprobation silencieuse, mais il s'évertuait à l'ignorer. Si elle n'aimait pas ce qu'il racontait, elle n'avait qu'à s'en aller.

– Parce que toi dans le couple tu es toujours sincère ? dit Monica.

Franz la dévisagea longuement et opina du chef. Il posa sa bière et appuya son coude gauche sur le bar, réfléchissant aux mots qu'il allait prononcer, et sachant surtout qu'il s'apprêtait à porter l'estocade.

– Le couple, c'est un temple sacré. Vraiment. C'est là où notre sensibilité peut s'exprimer, c'est là où chacun peut vraiment rencontrer l'autre. Alors oui, il faut toujours faire en sorte d'être sincère. Enfin, c'est ce que je crois…

En général, cette profession de foi avait un grand effet sur ses interlocutrices. Observant Monica qui l'avait écouté en caressant le bord supérieur de son verre avec son index droit, il eut l'impression qu'elle avait mordu à l'hameçon. Un hameçon, façon de parler. Quand il s'érigeait en champion du couple fidèle et bienheureux, il ne mentait pas mais embellissait seulement le propos pour perpétuer à sa manière la lignée des troubadours du lyrisme courtois dont il avait lu les œuvres, ou du moins de larges extraits, avec avidité à une certaine époque lointaine de sa vie.

Quand Monica termina sa Guinness, il sut ce qu'il avait à faire.

– Tu ne trouves pas qu'il y a trop de bruit ici ?

Monica lui adressa un grand sourire. Oui, elle a mordu, c'est sûr.

– Ecoute, on va rentrer.

– …

– Demain on bosse, et puis on a déjà pas mal picolé.

Inge n'attendit pas la fin de la conversation pour se lever et se diriger vers la sortie.

Franz, lui, s'approcha de Monica et l'aida à enfiler son manteau.

– Donne-moi ton numéro, dit-il, on ira se faire une bouffe à l'occasion. Qu'est-ce que tu en dis ?

Monica lui prit les mains et le dévisagea.

– Je te trouve très sympa, ça m'a fait plaisir de t'offrir une bière, mais je préfère te dire tout de suite que je n'ai pas envie de coucher avec toi.

– Quoi ?

Elle lui glissa un baiser sur la joue et sortit du pub avec Inge.

# 3

Carole rentra peu avant une heure. Allongé sur le côté, François entendit la clé tourner, puis la porte s'ouvrir et se refermer doucement. Une ombre glissa dans la chambre et la lumière s'alluma dans la salle de bain.

François se mit sur le dos en chassant son duvet. Rien n'allait plus : la fente jaune dans la nuit noire, le glouglou du lavabo, les ablutions sans fin, tout le barbait. Il était sur le point de se lever quand les bruits s'interrompirent d'un coup. A moitié redressé dans le lit, le corps tordu, indécis, il hésita à balancer sa guibolle dans le vide mais se laissa tomber sur le matelas à l'instant où la lumière s'éteignit.

Carole s'allongea. Elle sembla trouver tout de suite sa position. Son corps tout entier allait sombrer dans le sommeil.

François se tourna sur le côté, sentant la colère et la frustration monter en lui. Plus il sentait Carole s'en aller, plus il repensait à ces gens croisés au théâtre, cette clique avec qui elle rôdait et qui lui tapait sur le système. Bon sang, qu'il détestait ces amis qui venaient souper chez eux les mains vides, ou qui, lorsqu'ils recevaient, posaient sur la table un poulet grillé acheté le quart d'heure d'avant à la Coop, et dont on lui demandait invariablement de couper la ficelle sous prétexte qu'il écrivait pour un magazine touristique – tu fais aussi les critiques gastronomiques, hein, non, je ne parle que de tourisme, c'est pour ça que c'est un magazine *touristique* – pendant que tout le monde se roulait des cigarettes avec du tabac en vrac et des feuilles qui passaient de main en main comme si l'achat de leur propre paquet – même pas de cigarettes ou de tabac, mais de papier à rouler – était une dépense rédhibitoire. Mais, s'il était honnête, le problème n'était pas cette bande qui se levait à point d'heure. Non, ces gens mal rasés et coiffés avec des pétards n'y étaient pour rien dans son désarroi et il était absurde de les maudire à cet instant précis.

Il inspira et expira aussi lentement que possible. Son corps se relâcha, un peu. Il allait pouvoir dormir, il fallait y croire.

– Tu as reçu une lettre de Greg…

François fut le premier choqué d'entendre sa voix. D'abord rien ne se passa, ce qui le rassura. Puis un froissement de duvet accompagna le mouvement d'un corps qui se redressait.

– Qu'est-ce que tu dis ?…

Il tournait le dos à Carole, si bien qu'elle ne put entrevoir dans la pénombre sa gueule glacée, comme s'il avait lâché un pet dans le lit de la femme qu'il venait de rencontrer et envisageait sérieusement de demander en mariage.

Il finit par se retourner, lentement, très lentement, estimant que s'il s'ébranlait au ralenti et paraissait émerger d'un profond sommeil, il pourrait toujours tenter de se justifier par le fait qu'il avait parlé dans son sommeil. Dans ce cas, il serait tiré d'affaire, car qui sait vraiment ce qu'il raconte quand il dort ?

La lampe de chevet s'alluma et Carole apparut. Elle était assise dans le lit avec la tignasse en bataille et l'air des mauvais jours.

– Quoi ? dit François d'une voix pâteuse.

– Pourquoi tu me parles de la lettre de Greg ?

François s'assit à son tour en s'agrippant à son oreiller.

– On peut enlever la lumière ? demanda-t-il en clignant des yeux.

Carole n'amorça aucun mouvement vers l'interrupteur.

– J'ai fait un peu de ménage et je l'ai trouvée par terre, dit-il.

– Il m'a écrit, ce n'est pas interdit ?

François dut bien reconnaître que non, ça n'était pas interdit.

– On est bon, alors ? dit Carole.

– On est bon.

Elle éteignit la lumière et s'enroula dans son duvet. François, lui, resta immobile quelques instants, calé sur le coude comme une bécane en rade sur sa béquille.

– Est-ce qu'il y a quelque chose que je devrais savoir ?

Sa voix, de nouveau, fusa dans la nuit. La lumière se ralluma.

– Tu cherches à me dire quoi, François ?

– J'ai lu le courrier qu'il t'a envoyé.

Il n'était pas très fier de lui, c'est clair. Mais elle n'avait aucune raison de l'être non plus, alors ils allaient peut-être pouvoir enfin parler de ce truc qui pourrissait depuis si longtemps.

– Espèce de pauvre type. Comment tu as pu lire mon courrier ?

François se prit l'insulte en pleine poire. Sonné mais pas à terre.

– Tout ce qu'il dit, c'est vrai ?!

– Parce que tu crois vraiment qu'on va parler de ce qu'il m'a écrit ?

Carole alla dans la salle de bain. La porte claqua au nez de François qui l'avait suivie dans un réflexe un peu désespéré.

– Ouvre, Carole.

Aucune réponse.

– O.K., je suis désolé, je n'aurais pas dû lire sa lettre, mais tu peux quand même comprendre que je me pose des questions.

Toujours pas de réponse.

– Allez, Carole, s'il te plaît.

– C'est fini.

François tiqua.

– Quoi ?

– On arrête tout.

La bécane sur sa béquille se bouffa le bitume en culbutant.

– Attends, mais ça ne peut pas se finir comme ça…

– Tu crois quoi… Tout a une fin, et là c'est nous.

– Carole, s'il te plaît. Ouvre la porte au moins.

Il se mit à gratter le bois tout en l'implorant.

– Allez, Carole, s'il te plaît…

Mais Carole avait décidé de se taire.

L'instant s'allongea et les secondes duraient autant que les minutes d'une randonnée dans le brouillard.

Il s'assit et s'appuya contre la porte, dans la posture qui devait être celle de Carole, la seule en tout cas qu'il était capable d'adopter – ses jambes ne le soutenaient plus.

La clé finit par tourner. Il se redressa. Carole ouvrit et se planta devant lui.

– Je suis désolé, dit-il.

Il la prit dans ses bras et retint ses larmes quand elle enroula un bras autour de lui.

– Viens, on va dormir, dit-elle. Demain tu te lèves tôt.

# 4

Franz était prostré sur sa calculette dont il écrasait les touches avec son index droit et une force démesurée par rapport à la résistance que lui opposaient les petits carrés mous. Son index gauche, lui, glissait sur la feuille de chiffres qu'il avait ressortie de la corbeille le matin en arrivant à sa place de travail, là où il avait trouvé le dossier bouclé la veille barré d'un grand trait rouge avec l'indication « refaire les calculs » signée de la main de Sven.

De tout son cœur, et avec les cellules de tout son corps, il détestait Sven. Jamais de toute sa vie il ne s'était retrouvé sous les ordres d'un pareil connard. Pendant longtemps, il l'avait toléré, car Sven n'avait de toute manière jamais eu grand-chose à lui reprocher, mais la situation s'était brusquement barrée en couille. Quelque chose en lui s'était cassé, sans qu'il sache quoi, pourquoi ni comment. Ça le rendait fébrile et ça lui floutait la vue au point de flinguer toute chance de réaliser cette opération que les écoliers de toute la Suisse effectuaient chaque jour les doigts dans le nez. Mais une chose le rassurait : il avait touché le fond, ça ne pouvait au moins pas être pire.

Un raclement de gorge raidit sa nuque. Du coin de l'œil, il devina Sven dans l'embrasure de la porte mais resta penché sur ses papiers.

– Je peux te parler une seconde, dit Sven.

Franz le suivit jusqu'à son bureau en lorgnant ses collègues. Avait-il halluciné ou Roger, son alter ego sur les marchés allemand et polonais, avait-il échangé un petit sourire avec Sonia, la responsable de l'Europe du Sud, en voyant Sven le précéder ? Tous des jaloux et des faux culs. Un troupeau de connards qui guettaient le moindre faux pas pour écraser la gueule du gueux qui lâchait prise, comme Hanspeter il y a quelques mois, victime d'un burn-out foudroyant qui l'avait éjecté de son piédestal, passant du statut de meilleur vendeur – dixit la direction – à celui de loser, lui qui du jour au lendemain avait perdu son job, sa femme et son chien. C'est pourquoi Franz ne racontait jamais rien sur lui, pas même ses excursions sur le Rigi ou ses soirées au Kaufleuten, ni encore moins ses séances de tirs pour retardataires à l'Albisgütli.

– Installe-toi, dit Sven. Tu veux un café ?

– Non, ça va, merci. On en a pour long ?

– Quelques minutes.

Franz se posa sur la chaise face à Sven. De sa liseuse pendait une médaille du triathlon de

Schaffhouse – le plus vieux de Suisse, claironnait-il quand il s'y préparait et se pointait au bureau en short de cycliste –, et juste à côté du téléphone trônait comme un trophée la photo d'une jeune femme blonde d'une scandaleuse beauté. Scandaleuse, non que Franz était allergique à la beauté – le gag… –, mais parce que cette jeune femme aux longs cheveux lisses et fins partageait son lit avec cet abruti. Il y avait de quoi être dégoûté, et quand même un peu jaloux, d'autant que Franz ne se rappelait même pas la dernière fois où il avait été en couple.

– Tu n'as pas l'air au top ces jours, dit Sven. Tout va bien ?

Franz l'observa avec méfiance. Dans quel genre de conversation voulait-il l'emmener ?

– Tout va bien… Pourquoi tu me poses cette question ?

– C'est juste que tu sembles un peu fatigué. Note qu'on l'est tous. Moi-même, je trime pas mal ces jours. Est-ce que je t'ai dit qu'on est en train de préparer un tournoi de badminton ? Ce sera à Uzwil et je peux te dire qu'il y aura du beau monde…

– Oui, tu m'en as parlé.

Sven posa ses coudes devant son clavier et son menton sur ses mains croisées.

– Je sais que tu as beaucoup en ce moment, surtout avec le dossier de merde que je t'ai refilé. Tu fais du super boulot et je suis vraiment content de toi.

– Mais…

Sven hésita avant de poursuivre.

– Tu ne peux pas tout faire tout seul et…

– … je me débrouille très bien…

– … attends, laisse-moi finir. Je ne suis pas en train de dire que je vais te retirer tes marchés. Ce que je veux dire, c'est qu'un petit coup de main te serait peut-être utile.

– C'est-à-dire ?

– Manon pourrait t'aider.

– Je n'ai pas besoin d'une assistante.

– Qui te parle d'une assistante ? C'est de l'entraide entre collègues. Et puis elle vient de commencer, ça ne lui fera pas de mal d'être coachée par notre meilleur vendeur.

– C'est moi le meilleur vendeur ?

– Tu te la joues modeste, arrête. J'ai vu les chiffres, tu te débrouilles très bien.

Franz n'aimait pas ça. Il allait promettre de réfléchir à la proposition et bosser dur pour s'extirper de la fosse où il avait plongé à pieds joints.

On frappa à la porte en verre, qui s'entrouvrit. Franz vit Manon Bernard. Elle était blonde comme la copine de Sven mais ses cheveux mi-longs ondulaient et encadraient un visage moins symétrique. Elle avait une trentaine d'années.

– Viens t'asseoir, Manon, dit Sven en français. On parlait de toi.

Elle adressa un petit sourire à Franz en se posant à ses côtés.

– On peut parler en allemand, dit-elle.

– Je sais que tu arrives bien, pas t'inquiéter, répliqua son chef.

Sven se tourna vers Franz.

– Alors, ça marche ?

– J'aurais préféré qu'on finisse la discussion tous les deux, dit Franz en dialecte, forçant son accent de Suisse centrale pour être certain que Manon ne le comprenne pas.

– *Hochdeutsch bitte*, dit Sven.

Franz serra la mâchoire. Dans quel traquenard était-il tombé ? Manon venait d'arriver de Paris. Elle avait décroché une place d'assistante parce qu'elle avait sûrement tapé dans l'œil du DRH hambourgeois, et voilà qu'on voulait la lui coller dans les pattes. N'importe quoi.

– J'aimerais y réfléchir, dit Franz en bon allemand, prenant soin d'articuler chaque syllabe.

– Mais c'est tout pensé, trancha Sven. Vous commencez tout de suite. Votre première mission, c'est finaliser cette offre. O.K. Manon ?

Manon branla timidement du chef.

– O.K. Franz ?

Franz inspira profondément en s'imaginant qu'il faisait manger à Sven son clavier touche par touche, puis il acquiesça.

– Alors au travail !

Franz conduisit Manon dans son bureau, où il retira son sac à dos de sa seconde chaise et déblaya le désordre. Chacun de ses gestes était mesuré, exagérément lent, pour ne pas trahir le mélange d'émotions qui macéraient en lui.

– Je suis surprise, tu peux trouver ton piano ici, dit Manon dans un allemand hésitant.

Ses fautes de grammaire et son vocabulaire approximatif laissaient planer un doute quant à l'intention derrière sa remarque anodine. Faisait-elle preuve de compassion ou se foutait-elle de sa gueule ?

Franz l'examinait tout en entassant sur le seul meuble USM encore libre une pile de papiers à classer de toute urgence depuis un mois. Manon était debout au milieu de la pièce, les mains croisées à la hauteur de son sexe, auquel Franz avait commencé à songer lorsqu'il marchait derrière elle dans le couloir. Elle avait dodeliné des fesses, et, d'emblée, il s'était demandé si elle s'épilait, et, si oui, si elle le faisait intégralement ou laissait au contraire une petite touffe. Aussitôt, il s'en était voulu d'envisager sa collègue comme une potentielle conquête, toujours tout ramener au cul, putain. Mais ce réflexe inné était peut-être ce qui le sauvait. Sans l'image du sexe, épilé ou non, de Manon, il se serait montré sec et distant. Avec le risque de passer pour un goujat et se mettre encore plus dans la panade.

Après la paperasse, il ramassa les trois tasses qui traînaient près de sa liseuse et demanda à sa collègue si elle voulait un café – grand avec du lait et un demi-sucre, merci Franz. Il se montrait prévenant et sa récompense était un large sourire, il avait connu pire.

A ce stade, il ne pouvait évidemment pas savoir qu'avant la fin de la journée il aurait un genou à terre, mais de petits signes auraient pu lui mettre la puce à l'oreille. Comme lorsque, observant Roger et Sonia tandis qu'il arpentait le couloir, il comprit qu'ils étaient bel et bien en train de se payer sa tête. La preuve, Roger qui pouffait se raidit d'un coup quand il croisa son regard, alors que Sonia s'absorba brutalement dans la lecture d'une pile de papiers qu'on aurait dit sortie de la poubelle. Franz prit sur lui pour ne pas aller les trouver tout de suite. Il ne laissait jamais pourrir les situations, avec lui ça ne traînait pas, mais il n'était plus en état de se gérer totalement. Il les avait là, sous le menton, un mot de travers et ça allait péter.

Quand il revint avec un sucre, une cuillère et un grand café au lait, il trouva Manon à sa place – un autre de ces petits signes. Il tiqua mais ne dit rien, se contentant de poser la boisson fumante et tout l'attirail à la place du visiteur et de se diriger vers sa chaise comme si elle était libre. Elle la lui céda sans un mot et roula avec la sienne jusqu'à lui, accompagnée d'une odeur qui le pénétra intensément.

– Comme ça je peux mieux voir, dit-elle, toujours en allemand.

Franz se demanda s'il devait passer au français ou continuer de supporter l'allemand pas si *hoch* de

Manon. Le mieux aurait été de cesser fissa le massacre, mais il connaissait la gouaille des Parisiens. On ne leur rabattait pas aussi facilement le caquet qu'à un Vaudois, voire même un Genevois. Avec l'allemand, il garderait une forme de pouvoir sur sa collègue, et le pouvoir, quand on l'avait, il savait qu'il fallait le garder.

Pendant qu'il étalait devant eux les chiffres, elle lui demanda depuis combien de temps il travaillait pour cette *Firmen*, et s'il aimait son job.

– Depuis quatre ans et demi et j'adore ma *Firma*, dit-il.

– Et tu t'occupes de quels marchés ?

– Royaume-Uni, France et Benelux.

– Pas mal. Et tu as des hobbies ?

– La pêche...

– Super.

Il constata que son humour à deux balles n'avait pas eu l'effet escompté. La pêche, mais bien sûr !

Au lieu de lui retourner ses questions, il se tut. L'indifférence était une tactique comme une autre, elle avait fonctionné quelquefois. Tout valait mieux que de se dévoiler trop vite.

Peu avant midi, Manon reçut un coup de fil d'une amie francophone, dont Franz entendit la voix, faiblement mais de manière suffisamment claire pour distinguer la question qu'elle lui posa – et il est comment ? – après que Manon lui eut dit, en français elle aussi, qu'elle ne pouvait pas parler car elle était avec un collègue.

– Il est très bien, merci, je te rappelle !

Franz se força à ne pas jubiler trop ouvertement. Voilà le signe qu'il attendait pour entamer la seconde phase de son rapprochement. Après le désintérêt, la complicité. Sven pensait l'avoir châtié en lui jetant la stagiaire dans les pattes ; c'était mal le connaître.

Voyant qu'elle lorgnait sa montre, il suggéra qu'ils s'arrêtent pour dîner et qu'ils se retrouvent en début d'après-midi. Elle lui demanda, sans doute par politesse, à moins qu'elle ne soit déjà totalement sous son charme, s'il allait à la cantine. Il prétexta une course urgente à la Bahnhofstrasse mais alla s'enfiler une salade mêlée à la boulangerie du coin en évitant soigneusement les fayots.

A son retour, Manon était sur sa chaise à elle. Première bonne nouvelle : elle savait où était sa place. Seconde : elle lui avait préparé un café dans l'une de ses petites tasses préférées, qu'elle avait recouverte d'une sous-tasse.

– Pour pas refroidir, dit-elle dans son allemand élémentaire.

Franz la remercia en retirant son veston. Il remonta ensuite les manches de sa chemise et s'assit à ses côtés.

– On a parlé allemand ce matin, on peut changer cet après-midi, dit-il en français.

Elle parut surprise. Il sut que ça roulerait quand elle le bombarda de questions. Où avait-il appris le français ? Pourquoi n'avait-il rien dit ? Est-ce qu'il connaissait la France ? Et Paris ? A chaque réponse, il se vautrait davantage sur sa chaise ; le triomphe était total.

Quand elle lui demanda ce qui le passionnait à part la pêche, il éclata de rire.

– Tu me vois, moi, assis au bord d'une rivière ?

– Pas vraiment… Alors c'est quoi, ta passion ?

Franz fut pris au dépourvu. S'il était honnête avec lui-même, il ne s'intéressait qu'à une chose : baiser. Comme tout le monde, il allait au cinéma – sa dernière toile : *The Green Mile* – et il lui arrivait de fréquenter les salles de concert – son dernier spectacle : Rage Against the Machine au Hallenstadion –, mais c'était tout juste un passe-temps. Rien ne le faisait plus vibrer que le corps d'une femme qu'il déshabillait après en avoir fantasmé tout un soir les formes et la douceur.

– J'aime les arts martiaux, le karaté surtout, dit-il en omettant de préciser que le dernier kimono qu'il avait porté aurait fait le bonheur d'un écolier de onze ans.

Sven frappa deux coups contre la porte vitrée grande ouverte.

– *Allesch klar* ? dit-il.

– Tip-top, répondit Franz.

– Il est gentil avec toi, Manon ?

– Très gentil.

A cours de questions, Sven repartit un brin contrarié.

Franz sortit sa calculette pour que Manon et lui puissent enfin se mettre au boulot.

– Qu'est-ce qu'il faut faire ? demanda-t-elle.

– Une grande addition. Tu me dictes les chiffres ?

Ils se lancèrent à deux dans l'opération. Bien sûr, ça n'était pas aussi facile que ça, la marge n'était pas la même sur tous les articles, mais le bazar parut à Franz d'une facilité déconcertante. C'était même tellement enfantin qu'il avait tout loisir de s'enivrer du parfum de Manon dont le genou frôlait parfois le sien.

– Tu es marié, toi ? demanda-t-elle un peu plus tard, après qu'ils avaient tout recalculé pour s'assurer que le total était correct, et il l'était.

– Non.

– Moi non plus.

– Jamais rencontré quelqu'un ?

– Non. Jamais eu envie de m'engager.

– Je comprends, dit Franz, sentant que l'heure était venue de passer à la troisième phase. Moi non plus j'ai jamais voulu précipiter les choses. Dans la vie et surtout dans le couple, c'est important d'être sérieux.

– Vraiment ?

– Le couple, ça se mérite.

– Ouais…

– Mon rêve, ce serait de trouver une femme qui partage les mêmes valeurs que moi. Ensemble on construirait une famille.

– Génial.

– Je vais peut-être un peu vite, mais j'ai l'impression qu'on a beaucoup de points communs.

Manon en resta baba tant le baratin était balourd. Ignorant ce signal d'alarme, Franz sortit ses chaussures de danse et s'embarqua dans son numéro de claquettes favori.

– Tu es bosseuse, tu as l'air sincère, on peut compter sur toi.

– Et ?

– Ben je me dis que ce serait peut-être intéressant qu'on prenne le temps de se connaître.

– …

– Tu fais quelque chose ce soir ?

– C'est incroyable ce que tu dis, répondit Manon.

– …

– Moi aussi je rêve de me marier et d'avoir des enfants. Je commençais à désespérer mais maintenant que je sais que tu ressens la même chose, j'ai juste envie de pleurer de joie.

– Hein ?

– D'ailleurs je vais tout de suite appeler ma mère pour lui annoncer la nouvelle. Elle a sûrement hâte de rencontrer le père de mes futurs enfants.

Manon composa un numéro sur son portable.

– Je disais juste que ce serait bien de parler un peu, souffla Franz.

– Salut maman, dit Manon au téléphone. J'ai rencontré l'homme de ma vie, il veut absolument te parler.

Elle lui tendit l'appareil. Franz le considéra d'abord avec méfiance, comme si elle essayait de lui refiler un serpent venimeux ou, pire, un exemplaire du *Blick* ; il finit par l'accepter.

– Allô, dit-il.

– Bonjour mon petit, répondit la voix d'une femme d'un certain âge. Il paraît que tu veux me parler.

– C'est-à-dire que… Je suis un collègue de Manon et…

– … tu n'as pas besoin de m'expliquer, je comprends très bien la situation. Comment t'appelles-tu ?

– Franz.

– Franz, tiens, c'est original, ça. Je vais te dire une chose, Franz. Ma fille est adorable et si tu tiens à elle ne te laisse pas impressionner par ses manières. Elle a toujours été comme ça, un peu rentre-dedans, mais elle a bon cœur.

– O.K.

– Tu peux me la repasser si elle est toujours en face de toi.

– D'accord. Au revoir madame…

Franz sortit fumer sur le trottoir. Il fut vite rejoint par Samuel, un nouveau collègue thurgovien, qui se roula une cigarette.

– Salut, dit Franz.

– Salut.

– T'en veux pas une ? Ça va plus vite, non ?

– Ça va, merci.

Ils clopèrent côte à côte sans un mot, disparaissant à intervalles réguliers dans un nuage de fumée avant que le voile ne se dissipe et qu'ils ne réapparaissent tous les deux, figés dans la même posture.

– C'est O.K. avec Manon ? dit Samuel.

Franz se tourna vers lui.

– Oui, pourquoi ?

– Roger dit que tu n'as aucune chance avec elle.

Franz tira très fort sur sa cigarette pour avaler un maximum de nicotine.

– Puisque Roger le dit.

– Et toi, t'en penses quoi ?

– Moi ?

Franz jeta sa cigarette.

– Rien. Je ne m'intéresse pas aux collègues. On est là pour bosser.

Dans l'ascenseur, Franz sentit la colère monter en même temps que la cage en métal. Quel connard, ce Roger !

Il retrouva Manon dans son bureau, assise les jambes croisées, un petit sourire au coin des lèvres.

– Sven a dit que c'était très bien, dit-elle en français.

– Cool.

– Il trouve même qu'on devrait travailler désormais en tandem.

– Ah oui ?

– Qu'est-ce que tu en penses ?

Il l'observa et sentit monter en lui un désir qu'il n'avait pas ressenti depuis longtemps. Son regard était attiré par la peau nue de ses jambes, la rondeur discrète de ses hanches et la forme de ses seins qu'il devinait sous sa blouse. Il aurait dû se sentir menacé par Manon – elle venait de prouver au monde entier qu'il était incapable de faire seul une addition –, mais il avait au contraire une envie irrépressible de se soumettre à elle.

– Je pense que c'est super. Il y a juste une question à laquelle tu n'as pas répondu…

– Laquelle ?

– Tu fais quelque chose ce soir ?

– Tu veux que je rappelle ma mère ?

– Tu peux, si tu veux.

– Qu'est-ce que tu as en tête exactement ?

– On est collègues, on va travailler ensemble. Il y a sûrement plein de choses que je pourrais t'expliquer, je peux t'aider.

Manon se leva. Elle prit un tas de papier et le jeta à terre.

– Si tu veux m'aider, ramasse ça.

Franz, sidéré, la regarda s'en aller. Il considéra ensuite les feuilles sur la moquette fauve et se baissa pour les ramasser.

Il y eut un craquement horrible dans son dos et il tomba comme une feuille morte.

# 5

Dans la grande salle de bal du Mövenpick Regensdorf, un technicien à genoux farfouillait les câbles qui pendaient de sa console de régie. Plié en deux, le cou tordu, il branchait et débranchait les jacks en apostrophant son collègue qui se tenait devant un pupitre sur la scène.

– *Isch guet so* ? hurla-t-il.

– *Neeii...*

– *Gopfertami nonemool* !

François se retint de rire. Il était venu repérer les lieux avec son collègue Peter, qu'il avait rejoint plus tôt dans l'après-midi à la rédaction de la Mühlebachstrasse, et il avait tout de suite compris que leur présence était superflue, voire déplacée. Le personnel de l'hôtel terminait la mise en place des quelque deux cents chaises alignées face à la scène, et réparties en deux blocs séparés par un couloir large de trois mètres environ, que les lauréats du soir remonteraient pour recevoir leur trophée.

– On a vraiment pris les meilleurs, dit François à son collègue.

Un larsen puissant ponctua son commentaire, détruisant en une demi-seconde et de manière irréversible un gros paquet de ses cellules sensorielles ; la médisance n'était pas sans danger.

– *Isch guet jetzt* ? cria le technicien.

Son collègue sur la scène tapota sur le micro et compta jusqu'à cinq, puis dit « *grüezi, grüezi mitenand, guete Abig* », jusqu'à ce que l'autre ne se redresse et lève son pouce bien haut.

François remonta avec Peter dans le lobby, où ils aperçurent le reste de l'équipe. Il sortit par réflexe son portable et crut défaillir quand il vit qu'il avait raté un appel. Ou plutôt que MAISON avait cherché à le joindre sans laisser de message. Armando, l'éditeur, serra la main de François, ce qui l'obligea à ranger son téléphone.

– François, mon Welsche préféré !

– Salut Armando, dit François.

Son patron lui demanda s'il venait d'arriver de Genève – non, il était depuis le matin à Zurich où il avait enchaîné les rendez-vous – et comment allait la rédaction romande – impeccable, si on faisait abstraction des amibes ramenées d'Afrique australe par le réd chef. La discussion se prolongea au sujet d'un thème d'actualité brûlant mais déjà la suite se perdait.

Carole l'avait appelé ! Toute la journée, il avait enchaîné les interviews dans un réflexe inné de survie – surtout ne pas repenser à leur soirée merdique. Et là, juste à l'instant, elle venait de l'appeler. Dans sa tête, il entendait déjà la conversation qu'ils auraient dès qu'on lui lâcherait la grappe.

– Je voulais te dire, c'était une grosse connerie, je suis vraiment désolé.

– Tu sais que je l'ai vraiment mal pris ?

– Arrête, je comprends, c'était vraiment nul de ma part…

– Alors qu'est-ce que tu proposes ?

– On oublie tout et plus jamais je ne te poserai ce genre de questions.

Il la voyait considérer sa proposition en faisant la moue, comme pour le taquiner, puis se jeter à son cou dès son retour pour l'embrasser. Ils roulaient sur le tapis et se dévoraient comme la première fois dans cette petite chambre à Londres, puis ils faisaient l'amour à plusieurs reprises, reprenant leur souffle et leurs forces en parlant de tout et de rien, collés l'un contre l'autre, leurs corps nus entremêlés, jusqu'à ce qu'ils ne jouissent de nouveau.

– Et tu pourrais aussi appeler Bertholet pour compléter l'interview de Yann. Il est au comité, non ? demanda Armando.

– Bien sûr, dit François alors qu'il était en pilotage automatique. Il faut vite que j'aille faire un coup de fil, tu m'excuses ?

– Attends une seconde… Nadine ?

Nadine, la cheffe du service commercial qui s'entretenait avec ses vendeurs, tourna la tête vers eux.

– Tu peux venir, s'il te plaît ?

François pria pour qu'elle l'envoie bouler.

– *Darf i schnäll* ? dit-elle à son équipe.

– C'est qui ces gars qui t'ont contactée ? demanda le patron.

– Pour la campagne de pub ?

– Oui, la compagnie aérienne.

Nadine, qui s'exprimait dans un français impeccable, comme la plupart des collègues alémaniques de François, réfléchit.

– Ça te dit quelque chose, Please Air ? dit-elle.

François haussa les épaules.

– Jamais entendu parler.

– Ils nous ont appelés l'autre jour pour demander une offre. Ils veulent apparemment lancer des long-courriers au départ de Genève. L'Asie, je crois.

– Faudrait que je demande à Sylvain.

– Si tu pouvais, oui. On n'a encore rien signé, mais ils veulent une grosse campagne sur six mois, un truc de fou. Et avec ça des publireportages et des encarts et le bandeau. Enfin bon, on s'est posé des questions.

– Je vérifierai, promis.

François aurait promis n'importe quoi pour s'éclipser sur-le-champ. Produire tout seul le prochain supplément charter ou renoncer à une année de salaire ? Pas de problème, même pas peur, mais s'il vous plaît laissez-moi passer ce putain de coup de fil.

Une fois seul à l'autre bout du hall, il laissa sonner longuement. Pas de réponse. Elle devait être sortie dans l'intervalle. Du coup, il essaya son portable.

– Salut Carole, dit-il au répondeur. J'étais avec les collègues, désolé. Tu peux m'appeler quand tu veux, je t'aime et je t'embrasse.

Quel con, rumina-t-il en se retenant de fracasser son téléphone. Pourquoi avait-il raté cet appel ? Tellement pressé d'aller voir la salle de bal, tellement impatient de vérifier si le groupe y répétait déjà… Putain, quel imbécile ! Lui qui n'aimait même pas le rap, et qui n'avait jamais écouté un morceau jusqu'au bout, il avait absolument tenu à voir si Sens Unik était en train de faire son *sound check*. Et s'il les avait vus, que leur aurait-il dit ? Salut, je suis Romand et vous aussi, allons boire un verre… C'était ridicule, toute cette situation était pathétique, comme sa vie d'ailleurs. Oui, c'est lui qui avait eu l'idée de faire venir le groupe de Renens quand Armando avait demandé qui pourrait se charger de l'intermède musical. Il avait pensé à eux parce qu'ils étaient des stars, et il s'était dit que ce serait sympa de les croiser à Zurich, un soir de semaine, à cent lieues des salles de concert qu'ils fréquentaient d'ordinaire. Et oui, il avait cru qu'il était de son devoir d'aller les saluer dès son arrivée à Regensdorf, un peu comme un organisateur de festival qui se tient à l'entrée du *backstage*. C'est pour cela qu'il avait demandé à Peter de le conduire là où le putain de réseau de son opérateur de merde ne passait pas. Mais quelle idée pourrie...

A partir de cet instant-là, la soirée dévia de son axe. Elle l'entraîna comme une planète folle arrachée à son orbite vers les confins d'un univers sombre, comme aspirée par le trou noir qu'était la salle de bal du Mövenpick Regensdorf, ce tombeau déserté des dieux et de leur substitut moderne, le réseau, auquel ses collègues paraissaient avoir accès tandis que les barres s'évanouissaient curieusement sur son téléphone.

François rejoignit le groupe, la tête complètement à l'envers. Il ne comprit rien de ce que lui disaient Yann et Selina, sa jolie collègue à la coupe au carré qui lui donnait un air d'Uma Thurman dans *Pulp Fiction*, mais comme la discussion portait sur des trivialités – l'heure à laquelle ils se retrouveraient tous pour manger un sandwich avant la fête –, il fit sans peine illusion.

Il monta dans sa chambre et se laissa tomber sur le grand lit ferme. Un petit quart d'heure à lui, voilà ce dont il avait besoin.

Une sonnerie le tira de son sommeil. Dans l'obscurité de la chambre, il chercha son téléphone à tâtons. C'était Peter, son collègue.

– Tu es où, on t'attend, dit-il.

Dans le miroir de la salle de bain, François se trouva blanc et tout chiffonné. Une mèche rebiquait sur le sommet de son crâne ; il l'aplatit avec beaucoup d'eau.

Il traversa le hall en nouant sa cravate. Soudain, il aperçut Carlos à la réception. Il était accompagné de Deborah et d'un autre membre du groupe – Just One ? Il s'arrêta net dans le hall et envisagea d'aller leur serrer la main, mais l'envie lui passa vite. C'était le meilleur moyen de finir dans les paroles d'une chanson moquant le costard voulant se la jouer grand frère avec des gars du mille vingt. Aller saluer le groupe ? Mais bien sûr ! Et pourquoi ne pas lui proposer d'inventer, avec et pour lui, un *secret handshake* et claquer la bise à Deborah et les inviter dans sa single pour siffler les mignonnettes...

François se dirigea vers la salle de bal d'où provenait le bruit sourd et puissant d'une centaine de conversations. Il aperçut ses collègues dans la foule et s'avança vers Nadine. Elle était à l'accueil avec l'apprentie, les vendeurs et le rédacteur en chef, tous occupés à serrer des mains. Armando vint vers lui.

– Il faudrait que tu ailles saluer Schmid et Rochat, dit-il. Ils sont là-bas avec d'autres Romands.

François acquiesça. A part Peter, quelqu'un avait-il vu qu'il avait zappé le repas ?

Il se fraya un passage au milieu des convives. Devant lui apparut le petit groupe de francophones, un trio assez bien assorti avec sa tignasse poivre et sel et son verre de blanc à la main. François les connaissait pour les avoir interviewés à plusieurs reprises. Il leur serra la main, attrapa un verre sur un plateau et se joignit à eux.

Il les entendait, mais les écoutait-il ? Il avait la tête ailleurs, à quelques centaines de kilomètres plus à l'ouest, plus précisément dans son appartement des Eaux-Vives où Carole était sûrement en train de répéter un texte, caresser le chat ou détruire méthodiquement sa collection de vinyles pour qu'à son retour il en retrouve les éclats mélangés à la litière. Il était encore temps pour lui de filer à Kloten pour sauter dans le dernier Zurich-Genève. Sa réservation était prévue le lendemain, mais il pourrait en changer sans problème. On collerait un sticker sur son billet et on l'enregistrerait sur ce vol qui lui permettrait de surprendre Carole avec des chocolats Sprüngli ou un bouquet de fleurs. Oui, c'était aussi simple que ça : sortir de l'hôtel, prendre un taxi et s'envoler pour Genève. Qui remarquerait son absence ? Certainement pas ces trois Romands – deux Vaudois, un Genevois – qui déjà s'embarquaient dans une nouvelle discussion, cette fois plus grivoise, riant à gorge déployée comme tout bon Welsche qui se respecte. Partir tout de suite, c'était l'option la plus raisonnable.

Au lieu de ça, il passa toute la soirée dans la salle de bal. Les lauréats des *Tourism Awards* remis par son journal se succédèrent sur la scène dans un ballet entrecoupé par les blagues d'un animateur alémanique, star chez lui mais totalement inconnu de l'autre côté de la Sarine, et dont l'humour et la langue – ce satané *Züridütsch* – avaient le pouvoir de déclencher une vague d'hilarité traversant toute la salle. C'en devenait presque gênant : comment ce borborygme pouvait-il signifier quelque chose ? Et si ce gars sur la scène racontait en réalité n'importe quoi ? Et si les Alémaniques avaient imaginé un gigantesque canular pour que les Romands les laissent entre eux à la tête de toutes les entreprises et institutions disposant d'un quelconque pouvoir ? Les Staubirnes, en réalité, ne communiquaient pas, ils faisaient juste du bruit avec la bouche. Et quand ils étaient entre eux, ils se tapaient les cuisses en se disant que les Welsches étaient vraiment des glands.

Juste après la remise du trophée du meilleur spécialiste de l'Asie, François sentit au fond de sa poche son téléphone. Une autre arnaque, ces natels, comme tout le monde les appelait. On aimait l'idée de pouvoir être joint partout et en tout temps, et, quand le machin sonnait, on regardait qui c'était, et, neuf fois sur dix, on tiquait parce que de toutes les personnes qui auraient pu appeler, c'était la plus nulle qui avait composé le numéro. Et quand on était dans une situation d'urgence vitale, comme François l'était ce soir-là, ça ne faisait aucun doute, c'est le réseau qui ne passait pas. Tu parles d'une invention !

La colère grondait en lui. Elle montait progressivement et elle ne demandait qu'à jaillir. Peu à peu lui vint une certitude : le set du soir serait le théâtre d'une forme d'épiphanie qui ferait de lui un homme nouveau. La catharsis aurait lieu à Regensdorf, sur le rap de Sens Unik, et ce serait l'an zéro de sa nouvelle vie. Carlos débarquerait avec Deborah et le reste de la bande. François scanderait leurs paroles et taperait du pied au milieu de la foule de costards un peu pincés. Il croiserait le regard du chanteur, peut-être même celui de Deborah, et les artistes reconnaîtraient en lui l'un des leurs. Carlos l'inviterait-il à monter sur scène ? Non, c'était peu probable. Mais François savait ce qu'il ferait quand le groupe, lassé de débiter son flow face à un mur, lancerait à la manière d'une injonction un « tous debout » pour dérider l'atmosphère. François serait le premier à se lever et il danserait dans sa rangée. Oui, il bougerait ses pieds et ses fesses. Et après s'être trémoussé jusqu'à tremper sa chemise, il suivrait les musiciens à leur sortie de scène, marchant derrière eux pour leur serrer la main en coulisse – *secret handshake* ! – et leur dire tout le bien qu'il pensait de leur musique, même si en réalité il n'en pensait pas grand-chose.

Le présentateur annonça le clou de la soirée : la prestation du groupe Sens Unik de Lausanne. François ne comprit pas un mot de ce que la star alémanique dit, hormis les mots clés de « Sens Unik » et « Lausanne ». Il se redressa sur sa chaise et contempla l'assistance. Tout le monde avait l'air de s'en foutre.

– *Und jetzt a big round of applause füüür...* Sens Unik !

Sous les applaudissements modestes de l'auditoire, Carlos arriva de sa petite foulée nerveuse avec sa clique. Le batteur se mit en place, et, à l'instant précis où ses baguettes percutaient la peau tendue de sa caisse claire, dans une synchronicité qui troubla François, son téléphone se mit à vibrer dans sa poche. Ça captait ? Sans réfléchir, ni même réaliser qu'il allait couper la trajectoire de la poursuite, il se leva et longea toute sa rangée jusqu'à l'allée centrale pour remonter le couloir le long duquel les gens commençaient à taper mollement des mains. Nadine, près de la régie, parut intriguée. Mais François s'en fichait de savoir ce qu'elle pensait, quand bien même elle aurait pu déduire de sa démarche empressée qu'il souffrait d'un problème de vessie ou d'une diarrhée fulgurante.

Dans le hall, il sortit son téléphone. C'était Franz. Il pressa sur le bouton rouge pour refuser l'appel. Et à l'instant où il composa le numéro de Carole, l'unique barre du réseau disparut.

# 6

Franz avait la tête comme une enclume. A côté de lui, un type aux fesses énormes toussait sans discontinuer. Chaque quinte secouait son corps dont la chair molle était traversée par des tremblements qui se répercutaient ensuite dans toute la rangée de fauteuils sur laquelle il s'était échoué. S'il avait pu se lever, Franz serait parti à l'autre bout de la salle. Il aurait même attendu debout à l'entrée des urgences s'il avait été capable de tenir en position verticale plus de dix secondes d'affilée. Mais son corps ne lui appartenait plus et il était parqué – contre son gré – au milieu de tous ces malades qui toussotaient, crachotaient, gémissaient. Les vibrations causées par son voisin amplifiaient sa douleur, logée principalement au niveau des lombaires, mais qui s'était propagée jusqu'au sommet de son crâne au point de brouiller ses pensées et d'engourdir sa volonté. Sinon comment expliquer qu'il n'ait pas déjà apostrophé la couenne à côté de lui, et qu'il n'ait pas non plus fait un scandale au tri des patients ?

En face de lui, un couple de retraités avait les yeux fermés et les mains jointes. On aurait dit qu'ils attendaient le naufrage du Titanic. Pas besoin de faire beaucoup d'efforts pour s'imaginer à bord d'un paquebot en train de couler, se dit Franz. Sa vie prenait l'eau de toutes parts, comme celle des personnes rassemblées au milieu de la nuit dans cette salle borgne éclairée au néon, ce n'était pas monsieur Coqueluche qui allait dire le contraire.

– *Herr Meyer* ? dit une voix de femme.

Franz tourna les yeux vers le guichet sans trop y croire. Avec son bol, il devait y avoir un autre Meyer qui s'était écorché le genou. L'infirmière scruta la foule après avoir relu sa fiche.

– *Herr Meyer* ?

Comme personne ne réagissait, il entreprit de se lever. La tâche fut plus compliquée que prévu. Il se tortilla sur sa chaise, remuant comme une tortue sur le dos. Dans sa tête, il se débattait dans tous les sens, mais il était assez lucide pour savoir qu'il donnait l'impression de snober l'infirmière. Elle manifesta un peu d'impatience, son dossier allait repartir sous la pile. Franz se pencha en avant, soufflant bruyamment, ça devenait n'importe quoi. L'instant dura, bientôt tout le monde allait se payer sa tête. Mais son voisin l'attrapa sous les bras et le mit sur pied. Comme ça, d'un coup, à la stupéfaction de Franz qui repensa à toutes les vacheries qu'il avait proférées à son égard. La merde, c'était lui…

– Je vais vous prescrire des antidouleurs. Ainsi vous pourrez dormir et vous reposer un peu. Mais ce n'est pas ce qui va vous guérir.

Le médecin avait lâché la sentence sans un regard pour Franz, la tête penchée sur son bloc d'ordonnance dont il avait rempli la première feuille d'une écriture, ô surprise, totalement illisible.

– Vous ne croyez pas que c'est une hernie discale ? Je n'ai jamais eu autant mal, dit Franz en finissant de reboutonner sa chemise, contrarié par l'accent saint-gallois du médecin.

Ce dernier leva les yeux vers lui.

– Vous voulez peut-être examiner les radios à ma place ?

– C'est vous le médecin mais c'est moi qui souffre. Ce n'est pas normal d'avoir des douleurs aussi fortes.

– Il faut que vous alliez voir votre médecin traitant…

– Je prendrai rendez-vous demain.

– … et il faut qu'il vous conseille de thérapeutes.

Franz le considéra avec méfiance.

– Des thérapeutes de quoi ?

– Des gens qui pourront vous aider à traverser cette phase. D'après ce que vous m'avez raconté et vu l'état de votre dos, vous avez tous les symptômes d'un burn-out. Mais ce n'est que mon impression et j'aimerais que vous en parliez avec votre médecin.

– Un burn-out, n'importe quoi…

– Ce genre de mal ne se guérit pas avec des cachets. Il faut ralentir le rythme. Se poser les bonnes questions.

– Du genre ?

– Qu'est-ce qui est important : mon travail ou la santé ? Ce genre de choses.

Franz gigota sur sa chaise.

– Je vous assure que je vais très bien. Et puis vous croyez que j'ai le temps de me poser des questions pareilles ? Je ne suis pas du genre à rester à la maison pour un rhume.

– C'est vous qui voyez.

Franz hésita à obtempérer. D'accord, il n'y comprenait rien aux radios, mais ce n'était pas ce gars surgi de nulle part qui allait décider s'il fallait ou non l'opérer.

– Au cas où vous l'ignoriez, ajouta Franz, dehors, il y a des gens qui bossent dur et qui ne laissent pas leur boulot à l'hôpital une fois qu'ils ont fini leur journée.

Le médecin lui tendit l'ordonnance et un second papier qu'il venait de remplir.

– Je vous ai aussi fait un arrêt de travail de quelques jours. Reposez-vous.

Franz glissa l'ordonnance dans ses poches mais rendit l'autre papier.

– Pas besoin de ça.

– O.K. Pas de problème. Maintenant, si vous permettez, je vais aller me tourner les pouces ailleurs, dit le médecin en se levant, avant d'ouvrir la porte pour faire comprendre à Franz qu'il devait libérer la place.

Franz glissa ses fesses vers le bord de la chaise, et, sans l'aide de monsieur Coqueluche mais au prix d'un effort pénible, il se mit sur pied.

– Je ne voulais pas vous vexer, dit-il en titubant jusqu'à la porte.

– Je ne l'ai pas mal pris. C'est juste que je finis demain à midi, ça risque d'être un peu juste pour terminer mon puzzle mille pièces.

Franz rentra chez lui en taxi et s'allongea sur le dos sans avoir pris la peine d'acheter dans une pharmacie de garde les cachets prescrits par le médecin. Il était tombé sur un énergumène, c'était bien sa chance. Tu viens pour le dos, on t'envoie chez le psy. Pas étonnant que les coûts de la santé explosent, non mais quel connard, celui-là. La conversation lui revenait par bribes et il fulminait contre ce soi-disant professionnel, ce pauvre type imbu de lui-même qui avait été incapable de lui diagnostiquer son mal. Ça ne faisait aucun doute qu'il souffrait d'une hernie discale, son père et deux de ses oncles étaient passés sur le billard à cause de ça, il y avait un terreau héréditaire évident. Pourquoi n'avait-il pas insisté pour examiner les radios lui-même, comme cet abruti l'avait suggéré ? Il n'en revenait pas de la suffisance de ce gars en blouse blanche. A mon avis, mon impression, je pense que ci, je pense que ça : pour qui se prenait-il ? Tout ça venant en plus d'une corporation qui réussissait toujours à s'en tirer en cas de pépins. L'opération a mal tourné ? Pas notre faute. Mauvais diagnostic ? On n'est pas infaillibles. Vous n'êtes pas content ? Allez voir ailleurs. *Gopferteli* !

Il se leva pour aller chercher un antidouleur quelque part dans ses placards. Enfin, c'est l'intention qu'il avait eue en se redressant dans son lit. Sauf qu'à peine avait-il décollé son buste qu'une lame transperça le bas de son dos pour le clouer au matelas. Ce n'est qu'au petit matin qu'il parvint à rejoindre la salle de bain.

Face au miroir qui lui renvoyait l'image d'un double défait, Franz jaugea les chances qu'il avait de bosser aujourd'hui. Pas gagné. Mais appeler Sven pour se porter pâle ? Autant lui demander de confier son portefeuille à Manon. Il ne lui restait plus qu'à serrer les dents jusqu'au soir.

Il profita de ce regain d'énergie pour enfiler un pantalon, qu'il boutonna en déambulant au ralenti dans son appartement. A la grande fenêtre, il s'alluma une cigarette et aspira la fumée au plus profond de ses poumons, comme pour anesthésier la douleur qui couvait en lui. Ce monstre lui avait déjà arraché des larmes quand il s'était retrouvé sur la moquette puante de son bureau. Il était ensuite rentré à pied, pensant qu'un peu de marche le soulagerait, tu parles ! A chaque foulée, la secousse remontant du bitume s'était répercutée dans ses lombaires, l'horreur. Et sur ses W.-C., il s'était tourné vers le papier-toilette – une torsion anodine du buste pour accomplir un geste si anodin qu'il n'avait jusqu'alors jamais considéré ce mouvement comme un véritable mouvement – et il s'était retrouvé bloqué sur le trône, le cul à l'air. Il avait attendu que ça passe et à la douleur dorsale s'étaient rapidement ajoutés des picotements dans les jambes.

Sans savoir trop comment, il était parvenu à regagner le salon. Il avait voulu appeler du renfort mais son doigt avait calé dès l'ouverture du répertoire. A qui téléphoner ? Certainement pas à l'un de ses collègues, ni encore moins à sa famille. Ses coups d'un soir ? Il imaginait l'entrée en matière : salut, on a baisé une fois, tu veux pas venir me tendre le papier cul… Pathétique. C'est là qu'il avait pensé à François, même si l'idée était forcément pourrie : il vivait à Genève, Franz aurait le temps de mourir dix fois avant qu'il n'arrive. Dans son état lamentable, il avait quand même composé son numéro, mais l'appel avait été refusé, *typisch welsch*… C'est après qu'il s'était résolu à aller aux urgences.

Franz écrasa sa cigarette. Il s'en alla en se promettant de faire un sale coup à François la prochaine fois qu'il aurait besoin de lui.

# 7

François pénétra dans l'appartement. Le vestibule sentait le renfermé, les stores étaient descendus ; son gros bouquet de fleurs lui sembla d'un coup incongru. Le chat, lui, se frotta contre ses jambes en ronronnant. Il le prit dans ses bras et se mit à déambuler en appelant Carole. Elle n'était pas là, ça il l'avait compris tout de suite, mais comme ses vêtements n'étaient pas non plus dans les placards grands ouverts de leur chambre, et que l'étagère du salon avait d'un coup perdu la moitié de ses livres, il devinait qu'un événement majeur s'était produit en son absence.

Un coup de sonnette retentit. Le chat planta ses griffes dans le bras de François. Soudain, l'espoir renaissait. Carole était sur le palier, elle avait réservé deux billets pour l'autre bout du monde pour qu'ils partent s'installer loin de cet ex qui l'avait si souvent harcelée, et là elle venait lui donner un coup de main pour qu'il finalise ses bagages dans l'heure, quitte à laisser ses livres, disques et meubles au prochain locataire. Une nouvelle vie commencerait pour eux aux Marquises ou sur les contreforts des Andes boliviennes, et tout redeviendrait comme avant ou serait même mieux qu'avant, ils renoueraient intellectuellement, spirituellement et sexuellement et formeraient une union indéboulonnable qui engendrerait une foule de rejetons et…

C'était Emil. Après avoir ouvert la porte précipitamment dans l'espoir d'y trouver la moue cabotine de Carole, François s'était trouvé nez à nez avec son voisin retraité.

– Je suis venu vous rendre ça, dit-il en lui tendant des clés. Votre compagne me les a données. Pour le chat.

L'homme qui avait environ septante ans parlait avec un petit accent alémanique qu'il n'avait visiblement jamais pu totalement gommer, le pauvre, en dépit du fait qu'il vivait à Genève depuis longtemps, à en juger par l'état complètement défraîchi de la plaquette nominative sur sa boîte aux lettres.

– Elle vous a dit quand elle allait revenir ?

Emil le dévisagea d'un air emprunté.

– Je lui ai donné une boîte le matin et une boîte le soir. J'ai fait la caisse aussi. C'est un gentil chat, mais je dois vous dire une chose…

François tendit l'oreille.

– … il grimpe parfois aux rideaux.

Le chat, justement, était revenu vers François pour se frotter contre son pantalon. Il ronronnait de plus belle, rassuré sans doute à l'idée que c'était

Emil et non un monstre sanguinaire dépeçant les félins pour fabriquer des amulettes magiques qui avait sonné. François vit sur son bras la trace des griffures et le sang qui commençait à perler.

– Il faudrait désinfecter tout ça, dit Emil. Vous avez de quoi ?

François haussa les épaules. Il avait surtout de quoi enrager. Carole avait vidé les putains de placards et n'avait réservé aucun billet pour aucune destination exotique.

Emil lui demanda d'attendre quelques instants et revint avec un désinfectant. Il spraya le liquide sur la plaie en s'excusant d'avance de la douleur. François ne broncha pas, il ne sentait plus rien.

– Elle est sûrement allée chez une amie, dit-il.

– Je l'ai vue partir avec des valises, avança Emil, à contrecœur.

– Elle n'a quand même pas pu me quitter comme ça…

– Je n'ai pas tout vu, mais… Il me semble qu'elle était accompagnée par un monsieur qui conduisait une grosse voiture. Il était parqué devant l'immeuble, à côté des marrons.

François recevait toutes les informations mais il avait beaucoup de peine à les décoder. Le stand à marrons, il voyait très bien où il se trouvait, juste à l'angle des rues de Villereuse et de la Terrassière, près de l'entrée du supermarché. Mais le reste était extrêmement confus. Emil s'exprimait avec des mots trop compliqués pour qu'il puisse en saisir le sens, ou alors c'était à cause de son accent suisse allemand. Oui, ça devait être ça. L'intonation bizarre déformait les mots qui du coup devenaient incompréhensibles.

– Elle va revenir, dit-il.

Emil eut un sourire forcé.

– Oui oui, sûrement…

Sans un mot, François alla s'asseoir sur le sofa. Le chat qui l'avait suivi en profita pour sauter sur ses genoux et lécher son menton. François resta raide comme un piquet pendant plusieurs secondes, insensible aux caresses. Emil s'approcha de lui.

– Ce n'est pas la fin du monde, dit-il.

François tenta d'imaginer à quoi ressemblerait la fin du monde. Le soleil qui se transforme en supernova ; une comète qui heurte la planète et la plonge dans l'obscurité pour toujours ; le déclin rapide de l'humanité à cause d'une épidémie foudroyante, les morts par centaines de millions, voire par milliards ; l'éradication totale de la civilisation à cause d'une apocalypse nucléaire, et puis très vite la nature qui reprend ses droits au milieu des ruines pitoyables d'une espèce atomisée. Toutes ces perspectives valaient mieux que l'image qu'il visualisait en cet instant précis : lui seul sur son canapé avec pour seul compagnon un chat qui lui avait lacéré le bras gauche et qui puait de la gueule.

– Qu'est-ce que je vais devenir ? lâcha-t-il presque malgré lui en sentant les sanglots se préparer à l'arrière de sa gorge.

Emil s'assit à ses côtés et lui tapota l'épaule.

– Tout ira bien.

Le bus déposa François au milieu de ce qui lui sembla être un hameau mais qui devait être le centre de Biberstein. Tu parles d'un bled ! Après quelques tours et détours, il tomba sur le chemin Ob den Reben.

La porte s'ouvrit sur Greg. Putain de tête à claques, pensa tout de suite François. L'autre – la quarantaine, rasé de près, bien coiffé, grosses lunettes, chemise blanche, mocassins – tiqua mais transforma le début de grimace sur son visage anguleux en un sourire forcé.

– Salut, dit-il.

– Je peux voir Carole, s'il te plaît ?

Greg réfléchit un instant.

– O.K.

L'aménagement de l'appartement était d'un bon goût écœurant. S'il n'avait pas senti la présence de l'autre dans son dos de manière si pressante, François aurait mieux observé les photos et peintures accrochées aux murs. Il aurait aussi pris la peine de détailler les bibelots posés sur des commodes en bois massif et sans doute aurait-il rebroussé chemin une fois au salon. Là était assis un couple sur son trente et un, elle en escarpin sexy et robe décolletée, lui en costard bleu roi avec pochette, les deux une coupe de champagne à la main et le sourire figé, presque terrorisé.

– François, *ä Fründ vo de Carole*, dit Greg avant de présenter les deux autres, Tina et Michael.

François, *un* ami de Carole, hocha la tête en restant calme. Mais l'apparition de celle pour qui il avait parcouru près de deux cent cinquante kilomètres, soit traversé la moitié de la Suisse, lui causa un choc.

Carole apportait de la cuisine une assiette remplie de canapés au saumon. Elle lança à François un regard noir puis chercha celui de Greg, qui opina du chef comme pour lui dire que tout était sous contrôle, ou alors que c'était à elle de jouer.

Elle entraîna François dans une chambre à coucher dont elle ferma la porte à moitié.

– Sympa, l'accueil, dit-il. Imagine si j'avais demandé une coupe de champagne…

– Qu'est-ce que tu fais ici ?

François repensa à toutes les répliques qu'il avait préparées dans sa tête dans l'Intercity. Certaines lui avaient semblé brillantes, sèches, hilarantes. Aucune cependant ne lui venait en tête en cet instant précis, rien ne subsistait de son brainstorming de deux heures… Pourquoi n'avait-il pas pris des notes, bordel ?

– Je ne sais pas, mais… J'avais l'impression qu'on avait des choses à se dire.

Carole le dévisagea longuement.

– Comment tu m'as retrouvée ?

Il laissa sa question en suspens, espérant instiller le doute dans son esprit, mais la partie n'était pas gagnée. Elle continuait d'afficher cet air intransigeant qu'il connaissait si bien, sa fameuse tête des mauvais jours, cette tronche renfrognée qu'il était impossible d'affronter sans penser que toute tentative visant à dérider la femme qui vous fixait en pinçant la bouche serait fatalement vouée à l'échec.

– Tu crois quoi, tes parents ont eu pitié de moi, dit-il.

Carole resta silencieuse. Autour de lui, tout était si propre et bien rangé, en plus ça puait les fleurs. Et puis il y avait ce lit. Pourquoi l'avait-elle emmené ici pour lui parler ?

– C'est ici que vous baisez ?

– Ecoute, ça suffit, coupa-t-elle. Ça fait des mois que notre couple c'est n'importe quoi, tu aurais dû sentir le truc venir.

– …

– Là, tu te pointes et tu me fais la morale, mais c'est trop tard pour les explications. Je t'ai tendu la perche des dizaines de fois, tu as fait semblant de ne rien voir, va te faire foutre.

François en resta coi. Tout allait trop vite.

– A présent fais-moi plaisir, pars et ne reviens plus.

– …

– Oh, tu m'entends ?

Il la dévisagea comme si elle venait de le tirer d'un profond sommeil.

– Donc c'est bien là où vous baisez ?

– C'est pas vrai…

Greg passa sa tête dans l'embrasure de la porte.

– Tout va bien ? demanda-t-il.

– Oui, il était sur le point de s'en aller.

François traversa le salon escorté par Greg. Le temps parut se distendre au point que la trotteuse de la grande horloge design accrochée en face du sofa se mit à tourner au ralenti. François dérivait hors du temps. D'un coup, il se tourna vers Carole et mit un genou à terre.

– Carole... Est-ce que tu veux m'épouser ?

Dans la pièce, ce fut la consternation générale. Tina et Michael se cramponnèrent à leur coupe, Greg baissa le menton, prêt à en découdre. Quant à Carole... Elle ne contrôlait plus ses émotions, le fou rire n'était pas loin. Trop d'émotions pour une seule femme.

– Je te promets, je vais arrêter de me plaindre, continua François. Je vais faire quelque chose de ma vie. Epouse-moi. S'il te plaît.

Carole passa du rire aux larmes. La situation était en train de dégénérer. Plus personne ne pouvait prédire ce qui allait se passer.

– Ecoute, ça suffit, dit Greg en empoignant François par le bras.

François voulut résister mais la poigne était trop forte et ses jambes trop faibles pour qu'il puisse opposer une résistance crédible à la détermination de celui qui était chez lui et bien décidé à le rappeler au Welsche qui avait gâché son apéro.

– Bravo pour la cohésion nationale, dit François tandis qu'il était entraîné vers la porte. Vous votez toujours contre nous et maintenant vous piquez nos nanas. *Arschloch* !

Greg jeta François dans le couloir où il tomba sur le cul. La porte se referma en claquant.

Dans le bus, il contempla son reflet dans la vitre pendant tout le trajet. Il réalisa qu'il était arrivé à la gare d'Aarau seulement quand le chauffeur cria « terminus ». Il descendit du véhicule et traversa la route pour aller prendre son train.

Il y eut un crissement de pneus. Il chercha d'où venait le bruit et vit une voiture lui foncer dessus. Il vola dans les airs et la dernière image qu'il eut avant de retomber lourdement sur le bitume fut celle de la grande horloge de la gare dont le cadran sens dessus dessous lui parut à l'image de sa vie.

# Deuxième partie

# 1

Personne n'aurait pu l'accuser d'être un *Schnüffler*. Fouiner et épier les autres, comme il avait vu sa tante Isa le faire à chaque fois que ses parents l'avaient conduit chez elle pendant qu'ils s'en allaient quelques jours à Grindelwald ou dans les Grisons ; écouter à travers les murs comme cette vieille bonne femme sans enfant qui lui réservait une chambre dont la porte devait toujours rester ouverte, faute de quoi elle se mettait dans une colère vive que seule pouvait expliquer sa foi protestante qui rangeait la masturbation dans la catégorie des péchés mortels ; commérer au sujet de ses voisins de palier comme celle qui avait élevé ce réflexe au rang de sport de compétition, à tel point qu'elle avait commencé à consigner dans un carnet tous les faits et gestes, même anodins, surtout eux d'ailleurs, de ses voisins ? Non, toutes ces vilaines manies, personne n'aurait pu reprocher à Emil de les avoir héritées par atavisme de sa tante décédée à plus de nonante ans, et dont le souvenir ne subsistait qu'à travers son bloc-note rempli de détails croustillants sur autrui et une dizaine de photographies qu'il avait récupérées en débarrassant l'appartement de ses parents. Non, jamais Emil n'avait ressenti le besoin de s'immiscer dans l'intimité de ses contemporains, ni encore moins de tendre l'oreille pour tenter de donner un sens aux bribes de dialogue surprises au vol. Un *Schnüffler*, lui ? Jamais de la vie !

Emil, pourtant, avait jeté un coup d'œil par le judas quand il avait entendu la voix de son voisin dans le couloir. Il l'avait vu avec une attelle au bras gauche et un sac de courses marqué d'un M posé à ses pieds ; il l'avait observé tandis qu'il avait le doigt sur la sonnette et qu'il semblait vouloir attirer l'attention de quelqu'un à l'intérieur de son appartement.

– Je dois mettre le poulet au frigo, disait François sur le ton de celui qui lance un dernier avertissement avant de défoncer la porte.

Mais Emil avait tout de suite compris que François n'était pas en état de détruire quoi que ce soit. Depuis son retour d'on ne sait où, il l'avait croisé à plusieurs reprises dans l'ascenseur ou le hall de l'immeuble, et, voyant sa mine renfrognée, il avait jugé qu'il valait mieux ne pas le bombarder de questions.

– Putain, ouvre, le poulet ! avait insisté François.

Derrière sa porte, l'œil toujours rivé au judas, Emil avait hésité. Est-ce que tante Isa se serait permise d'intervenir en pareille situation ? Dans son souvenir, et s'il se fiait aussi à ce que son père disait d'elle, elle se vantait de ne jamais parler à quiconque et de ne porter secours à personne. Aider son voisin en état de détresse – et Dieu sait que François semblait totalement dépassé par la tragédie personnelle que représentait le départ de Carole – était donc tout sauf de la curiosité mal placée. C'était même la preuve qu'il n'était pas un *Schnüffler*, qu'il était même l'opposé d'un *Schnüffler*, c'est-à-dire un être humain soucieux de son prochain. Autrement dit un honnête protestant dont la pratique compulsive à l'adolescence de la masturbation – sur ce point tante Isa n'avait pas eu complètement tort – n'avait pas entamé les valeurs chrétiennes.

Emil avait ouvert la porte. François l'avait accueilli avec un regard à la fois dépité et soulagé, si deux sentiments aussi contradictoires pouvaient décemment cohabiter au même instant dans une même personne. Tandis que des petits gloussements se faisaient entendre dans l'appartement de son voisin, Emil avait débarrassé François de son sac de courses et l'avait invité chez lui.

Pendant qu'il triait les provisions pour ranger dans le frigo les denrées périssables, à commencer par trois barquettes de filets de poulet, Emil se félicita de son intervention. Il y avait bien sûr la question de l'hygiène alimentaire – la volaille, une bombe à retardement, tout le monde le savait –, mais il y avait aussi la situation émotionnelle instable du locataire d'à côté. François avait une sale mine, des yeux cernés et surtout un bras en écharpe qui trahissait une bagarre qui n'avait pas tourné à son avantage. Sans doute s'était-il battu avec le conducteur du SUV qui était venu chercher les affaires de Carole. C'était tout à son honneur : il avait montré à son ex qu'il tenait à elle et il avait défié celui qui la lui avait piquée. Emil ne pouvait qu'être sensible à cette grandeur d'âme, à cet esprit chevaleresque, même si l'épisode ne faisait que souligner a posteriori le manque de courage et de détermination dont il avait lui-même fait preuve. Mais c'était là une autre histoire et un sujet sensible dont il voulait éviter de raviver le souvenir.

Il retrouva François sur le canapé où il l'avait posé, les yeux perdus dans le vide, le dos légèrement voûté.

– Vous aimeriez boire quelque chose ? dit Emil.

François fit non de la tête.

– Est-ce que vous vous y connaissez en informatique ?

– Ça dépend. Pourquoi ?

Emil alla chercher un carton qu'il lui tendit.

– Mon opérateur m'a envoyé ça, mais je ne sais pas quoi en faire.

– C'est un modem, dit François après avoir inspecté le colis.

– Un modem ?

– C'est pour vous connecter à Internet.

Emil acquiesça comme s'il savait de quoi il parlait. Internet, bien sûr, il en avait entendu parler. Mais n'était-ce pas un système réservé aux militaires ? Avait-on vraiment le droit d'avoir chez soi un boîtier connecté au Pentagone ?

– Vous avez un ordinateur ? dit François.

– Oui.

– Alors il suffit de relier le boîtier à votre ligne téléphonique, et votre ordinateur au boîtier, et vous pourrez aller sur Internet.

– D'accord...

– La seule chose, c'est que vous ne pourrez plus téléphoner quand vous êtes connecté.

Emil n'avait aucune idée de quoi il causait, mais il venait de trouver un moyen totalement inattendu de distraire François.

– Est-ce que vous pourriez m'aider à l'installer ?

François eut une légère hésitation. Le sourire d'Emil acheva de le convaincre. Le jeune homme étala le contenu du carton sur la table du salon.

Le modem fut vite branché, mais sa configuration nécessita un peu plus de temps. François était assis derrière l'ordinateur d'Emil – un IBM doté d'un écran qui occupait plus de la moitié de son secrétaire en bois massif – et il tapotait sur le clavier en suivant les instructions du mode d'emploi. A ses côtés, Emil suivait la progression de l'installation par-dessus son épaule, même s'il était moins intéressé aux messages vraiment étranges qui s'affichaient qu'à l'expression sérieuse et concentrée de François tandis qu'il suivait le protocole à la lettre.

– Qu'est-ce que je pourrais faire avec Internet ? dit Emil.

– Communiquer avec votre famille, par exemple. Vous avez des enfants ?

– Une fille, oui.

– Je suis sûr qu'elle a une adresse e-mail. Vous pourrez lui envoyer des messages.

– Vous voulez dire… Des lettres ?

– Un peu comme des lettres, mais par ordinateur. On appelle ça du courrier électronique.

– Ah oui, je vois…

En réalité, il ne voyait pas grand-chose. A quoi pouvait bien ressembler le courrier électronique ? Aucune idée. Au lieu de s'en offusquer, Emil vit dans son ignorance le prétexte idéal pour entretenir la dynamique positive qui s'était instaurée entre François et lui. Avec un peu de chance, il allait peut-être même réussir à lui arracher quelques confidences.

– Comment on fait pour avoir une adresse ? demanda Emil.

– Je peux le faire pour vous. Mais d'abord il faut que la configuration soit terminée.

Emil opina du chef, assez fier de la tournure que prenait la situation. En moins d'un quart d'heure, il était parvenu à dérider son voisin dont il avait craint en le voyant tout à l'heure dans le couloir, mais aussi la veille sur sa terrasse avec son bras valide posé sur la rambarde et le regard rivé sur la circulation cinq étages plus bas, qu'il ne soit tenté de commettre une grosse bêtise.

Sur l'écran, les messages continuaient de s'afficher. François cliqua et l'installation d'un programme se lança comme par magie.

– Encore quelques minutes et ce sera bon, dit François.

Ils attendirent en silence, assis l'un près de l'autre, face à une machine plus toute jeune qui s'apprêtait à basculer dans le troisième millénaire.

L'intrusion de la modernité dans cet appartement au mobilier vieillot représentait une forme d'aberration. Emil avait toujours considéré d'un œil méfiant les gadgets technologiques, à commencer par le fax dont beaucoup de ses amis avaient commencé à s'équiper au début des années 1990. Chez eux, l'objet trônait bien en évidence, et, à chaque fois qu'il rendait visite à l'un de ses heureux propriétaires, Emil pouvait être sûr que son hôte finirait par se lever pour aller chercher une feuille contenant un message reçu à l'instant ou la veille, et dont l'intérêt était si énorme qu'il justifiait qu'on lui tende un papier thermique qu'il devait dérouler à la manière d'un rouleau médiéval pour lire des âneries du style « qu'est-ce tu fais le 3 septembre ? », « n'oublie pas de profiter de la promo des saucisses de veau de Saint-Gall chez Coop » ou « vu cet article ? » avec dessous une coupure de presse. Quand Florence Heiniger avait lancé en 1996 l'émission *Fax Culture* sur la TSR, Emil avait senti monter la pression. Tout le monde moquait gentiment sa réticence à accueillir chez lui la quintessence technologique du XX<sup>e</sup> siècle. Face à tant d'insistance, il en était venu à se demander pourquoi il opposait une si grande résistance à une invention somme toute pas si sotte. Avec un fax, il n'aurait plus eu besoin de courir à la poste pour envoyer à sa fille ou ses cousins de Zurich l'itinéraire de son voyage en car à Milan et Venise, ou de sa croisière sur le Rhin avec la fine fleur du schlager. Oui, la présence chez lui d'un de ces outils du futur lui aurait épargné beaucoup d'allers-retours inutiles jusqu'à l'office toujours bondé des rues basses, voire même d'interminables coups de fil. Emil avait néanmoins tenu bon, ce qui ne l'avait pas empêché de ressasser souvent la question avec sa fille, chez qui il cherchait une forme de soutien moral qui ne venait malheureusement jamais. Le débat s'était clos de manière abrupte quand elle lui avait commandé un modem en expliquant qu'avec cette machine il n'aurait plus jamais à se demander s'il avait besoin ou non d'un fax.

– Vous avez eu des nouvelles de Carole ? demanda Emil.

François se tourna vers lui, visiblement surpris par la question.

– Non.

– Vous savez, j'ai réfléchi. Vous devriez en profiter pour sortir un peu. Rencontrer d'autres femmes.

François fronça les sourcils.

– Draguer ?

– Ovide a écrit un livre là-dessus il y a deux mille ans, ce n'est pas un gros mot. Vous êtes jeune, il faut profiter de la vie.

– …

– Et puis le but de la drague n'est pas toujours la drague.

– Ah non ?

– Elle sert à s'affirmer. Et puis aussi à se redonner confiance.

Sur l'écran, un message annonça que l'installation du programme était achevée.

– Vous voulez toujours que je vous crée une adresse e-mail ? demanda François.

Le jeune homme avait trouvé le moyen idéal de tuer dans l'œuf la conversation vers laquelle il avait essayé de l'entraîner. Pudique, l'animal.

– Oui, je suis toujours intéressé, dit Emil.

– J'en ai une chez Caramail, ça vous va ?

– *Isch guet.*

Emil se doutait que la création de cette adresse *i-méle* prendrait quelques minutes ; il fallait en profiter.

– Il faut que je vous fasse une confidence, dit-il.

François remplissait les champs du formulaire d'inscription et ne semblait pas l'avoir entendu.

– Votre nom ?

– Steingruber.

– Prénom ?

– Emil.

François tapait des dix doigts. Le cliquetis résonnait dans la maison où un rayon de soleil commençait à filtrer à travers les stores à moitié baissés.

– Date de naissance ?

– 6 janvier 1933.

– 1933 ?

– Oui. Je viens de fêter mes soixante-sept ans.

– Votre adresse, je la connais, dit-il en l'entrant à toute vitesse. Il ne reste plus qu'à créer un mot de passe.

François lui tendit le clavier et se détourna spontanément. Emil se retrouva avec les touches devant lui, et, sur l'écran, une série de caractères si petits qu'il était incapable de les lire.

– Vous ne voulez pas l'entrer pour moi ?

– C'est votre mot de passe. Vous devez être le seul à le connaître.

– Mais ce n'est qu'une boite *i-méle*.

– Justement. Toute votre vie va être dessus, il faut bien la protéger.

Emil sortit sa paire de lunettes du secrétaire et la posa sur son nez pour déchiffrer les minuscules caractères. Il y avait la mention « mot de passe » suivie d'une ligne en surbrillance, et, juste au-dessous, « confirmer votre mot de passe ». Pendant qu'il se creusait la tête pour trouver un *mot de passe*, il se demanda comment toute sa vie allait bien pouvoir entrer dans cette boîte. De quoi voulait parler

François ? Avait-il dit cela parce que sa vie à lui se trouvait chez *Caramel* ? Quel genre de choses pouvait-on ranger dans un ordinateur et comment les faisait-on transiter par un modem qui grésillait bizarrement au moment de se connecter en coupant pour de bon la ligne téléphonique ?

– Ça peut être n'importe quoi ? demanda Emil.

– N'importe quoi. Mais rajouter des chiffres, c'est plus difficile à hacker.

Emil réfléchit encore quelques instants puis tapa son mot de passe – Annette1 – une première puis une seconde fois.

– Et ensuite ?

– Ensuite vous appuyez sur suivant.

Emil s'exécuta et rendit le clavier à François. A voir son air satisfait, il semblait s'être acquitté de la tâche correctement.

– Il faut que je vous fasse une confidence, répéta Emil.

Un cri rauque le coupa dans son élan.

A vrai dire, ce n'était pas tant un cri qu'un hurlement lugubre surgissant des entrailles d'un grand animal blessé.

Emil et François échangèrent un regard d'abord inquiet puis concerné. Ils s'engouffrèrent dans le couloir à l'instant où une femme nue emballée dans un duvet ouvrit la porte de l'appartement d'en face.

– Qu'est-ce qui se passe ? demanda François en ajustant son attelle et en hésitant à se rapprocher de celle qui voulait parler mais haletait si fort que les mots étaient sans cesse ravalés par son souffle saccadé.

Comme elle se mettait à hyperventiler, François s'approcha d'elle, inquiet.

– Lâche-moi, cria-t-elle en le faisant reculer d'un mètre.

De l'intérieur parvint un nouveau cri, moins terrifiant que le précédent, mais auquel se mêlait un râle qui n'annonçait rien de bon. La femme se mit à sangloter en ajustant le duvet. Emil détourna les yeux par pudeur, entrevoyant un tatouage sur ses chevilles au moment où il baissait le menton, juste avant de lui tourner complètement le dos pour ne pas la mettre davantage mal à l'aise.

François entra presque à contrecœur dans son appartement. Emil le suivit. Une image s'imposa alors avec force dans son esprit : il pénétrait dans un immeuble en feu au sommet duquel quelqu'un était cerné par les flammes et hurlait à la mort. Au lieu d'un brasier infernal, ils trouvèrent un homme nu qui gigotait au milieu d'un lit défait.

– Putain, tu étais obligé de faire ça dans mon lit ! dit François.

– *Auaaa…*, gémissait l'autre en se tordant de douleur.

Emil s'assit sur le bord du matelas et posa sa main sur l'épaule du malheureux. Il jaugea la situation et se fia à son expérience.

– Je peux vous aider mais il faut vous calmer, dit-il.

L'homme regarda Emil, puis François, et de nouveau Emil. Dans ses yeux se lisait beaucoup d'hostilité, genre c'est qui ce vieux chnoque.

– Cela risque de faire un peu mal, mais ce sera mieux après, continua Emil en le manipulant.

– Vous êtes sûr de ce que vous faites ? s'inquiéta François.

Emil acquiesça et plaça l'homme sur le flanc gauche, repliant sa jambe droite et tirant vers lui son bras gauche de manière à créer une torsion entre le haut et le bas de son corps.

– Vous allez inspirer lentement, puis expirer quand je vous ferai signe. O.K. ?

– Quoi ?

– Inspirez puis expirez quand je vous le dis.

L'expression dans ses yeux changea brusquement. Exit l'agressivité, place à la terreur la plus complète.

– Inspirez, dit Emil.

L'homme avait les poumons pleins d'air et un préservatif rempli au bout de son sexe flasque ; il attendait désespérément le signal pour expirer.

– Soufflez fort.

L'air fut recraché en même temps qu'un cri et un crac dans son dos. Emil le couvrit.

– Revenez après chez moi, j'ai de la crème. Ça le soulagera, dit-il à François.

La femme, toujours emballée dans le duvet, se risqua dans la pièce pour récupérer ses vêtements.

– Tout va bien, mademoiselle ? demanda Emil.

Elle s'en alla en claquant la porte.

François et son ami au drôle d'accent lucernois étaient parqués sur le sofa pendant qu'Emil leur concoctait une tisane relaxante.

– Avec la pommade, vous serez tranquille jusqu'à demain, dit Emil en revenant avec une théière et trois tasses.

L'éclopé ne répondit rien. Emil se tourna vers François.

– Vous êtes sûr que… Comment s'appelle-t-il ?

– Franz.

– Vous êtes sûr qu'il va bien ?

– *Ech bruche nüd, danke vöumol*, lâcha Franz en forçant son accent de Suisse centrale.

– Vous verrez bien demain si vous n'avez besoin de rien, dit Emil en restant au français, même s'il avait toujours trouvé comiques ces Suisses allemands – dont il faisait évidemment partie, comment faire autrement quand on était au milieu de Romands qui ne savaient même pas compter jusqu'à cinq en allemand ? – qui parlaient entre eux français avec leur accent grossier.

– On peut y aller ? demanda Franz à son ami.

– Déjà ?

– C'est vrai ça, c'est un peu rapide, dit Emil. Vous n'êtes quand même pas pressés à ce point ?

Emil remplit trois tasses et se cala dans son fauteuil. Depuis combien de temps ne s'était-il pas autant amusé ?

– J'ai mis plein de bonnes herbes et plantes, et fraîches s'il vous plaît, dit-il. Il y a de la verveine, de la camomille et aussi un peu de passiflore. Ce soir, vous allez dormir comme des bébés.

Un silence de cathédrale s'étira tandis que François goûtait le breuvage fumant du bout des lèvres et que Franz observait son environnement avec attention.

– *Do esch es wie im Museum,* lâcha-t-il d'un air dédaigneux.

– Pourquoi ça ?

– *Alles alt ond gruusig…*

Son appartement, vieux et infect ? Pas autant que ton dos, petit con ! A chaque fois qu'il tombait sur des Alémaniques arrogants, il s'étonnait que les Romands n'aient pas déjà fait sécession.

– Je l'aime comme ça, répondit Emil.

Franz se leva et prit au hasard une photo sur laquelle quatre hommes sortis tout droit des années 1950 posaient devant une vieille voiture.

– Là c'est moi avec toute ma bande de copains, dit Emil en gigotant sur son siège. Vous me reconnaissez ?

Franz poursuivit son exploration sans même chercher à deviner s'il était le type à la casquette, celui qui tirait la langue, son voisin très sérieux ou le gars allongé devant les autres.

– J'étais en train de faire mon apprentissage de mécanicien, continua Emil. Mani, le type tout à droite, conduisait une voiture anglaise. Vous savez pourquoi ?

Comme Franz l'ignorait, Emil se tourna vers François.

– Pour draguer les passantes ! C'était aussi utile pendant les embouteillages, encore qu'à l'époque il n'y avait pas tant de voitures que ça. Vous savez à quel âge j'ai eu la mienne ?

Franz passait en revue les quelques livres rangés sur une étagère. Il en prit un et souffla dessus. Un nuage de poussière s'éleva dans les airs.

– *Sie läsed vil*, se moqua Franz.

– Je garde mes livres dans ma chambre. Là ce sont ceux que j'ai pris de chez mes parents. Qui lit encore Goethe de nos jours ?

– Depuis combien de temps vous vivez à Genève ? demanda François.

– Plus de vingt ans, je ne compte plus. J'ai été longtemps en couple avec une Romande.

Durant son exploration méthodique de l'intérieur d'Emil, Franz ne se départait pas d'un sourire moqueur qui, chez d'autres, lui aurait valu d'être expulsé manu militari. Sauf qu'Emil avait choisi de faire abstraction de ce Lucernois autiste pour se concentrer sur son voisin. S'il avait snobé Goethe à l'instant, ce n'était pas tant par mépris pour l'auteur que par crainte que François ne lise *Les Souffrances du jeune Werther*. Le pire aurait été qu'il se mette à considérer Carole comme sa Lotte et qu'il se pare de jaune et de bleu en repensant aux premières heures joyeuses de leur relation.

– Et vous, vous avez toujours vécu à Genève ? demanda Emil.

– J'y suis arrivé quand j'ai commencé mon apprentissage.

– Formidable.

Emil se tourna vers Franz qui tenait une maquette dans ses mains.

– Et vous, vous vivez toujours à Lucerne ?

Mais Franz continuait de le snober et concentrait toute son attention sur ce modèle réduit de sous-marin.

– Est-ce que vous savez ce que vous avez dans les mains ? dit Emil.

Franz inspectait l'objet sous tous les angles.

– C'est le Mésoscaphe de Jacques Piccard. Vous n'allez peut-être pas me croire mais je suis monté dedans. Et pas n'importe quand : la seule fois où son créateur y a mis les pieds. Il y avait plein de boutons et il nous a tout expliqué, l'horizon artificiel, le gyrocompas, le manomètre et tous ces trucs pour les ballasts, le leste et l'éclairage. Il a même parlé du plancton qu'on voyait par les hublots. C'est à cause du phosphate, qu'il disait. On avait aussi vu des perches et c'est vrai qu'elles n'avaient pas l'air en très bonne santé.

Emil guetta la réaction de Franz mais il avait déjà reposé la maquette et revenait s'asseoir à côté de François.

S'il avait eu face à lui un auditoire plus réceptif, Emil aurait continué à parler. D'un coup, une foule d'images étaient remontées à la surface. Il se rappelait l'impression qu'il avait eue en pénétrant dans le sous-marin. Il y avait un hublot par siège et une dizaine d'écrans permettant de suivre la progression de la plongée, mais l'engin ressemblait un long tuyau hostile. Ça puait la graisse et il y avait le bruit des pompes hydrauliques qui commandaient toute la mécanique.

– Je crois qu'on va y aller, dit François.

Emil sortit de sa rêverie et vit la mine désolée de son voisin qui agissait sans doute sous la pression de son hôte, toujours aussi mal luné.

– Il faut encore que je vous donne l'anti-inflammatoire et après filez au lit, vous avez bien raison, dit Emil.

Il trouva sans peine la boîte. De retour dans le salon, il vit la paire déjà debout.

– Un comprimé matin, midi et soir, dit-il à Franz qui le remercia d'un hochement de tête.

Les deux amis étaient sur le point de s'en aller quand Emil interpela François.

– Je peux vous dire un mot ? dit-il.

François s'approcha d'Emil.

– Moi aussi j'ai connu une rupture et j'ai eu beaucoup de peine à m'en remettre. Alors si je peux vous donner un conseil : ne gardez pas tout ça pour vous, parlez-en.

– Tout ira bien, répondit François.

Emil ferma la porte à double tour et débarrassa la théière et les tasses. Franz n'avait même pas goûté la tisane.

Il était dix-neuf heures passées et dehors il faisait encore jour. Après avoir mangé un peu de charcuterie et du pain, il rangea la cuisine. Il était sur le point d'éteindre le plafonnier quand son geste se figea.

Le Mésoscaphe. Franz l'avait reposé n'importe où. Quand il l'eut dans les mains, Emil reconnut instantanément le poids et la texture du « cigare ». D'autres souvenirs lui revinrent, et pas seulement de sa plongée au fond du Léman. Il revit son père gesticulant au bout de sa table en formica à Rümlang après avoir appris que c'est Lausanne qui organiserait la prochaine expo nationale ; le collègue romand d'Oerlikon-Bührle qui lui en avait parlé la première fois ; son voyage en train pour Lausanne avec la vue qui d'un coup s'ouvre sur le lac ; la découverte des pavillons et *La Suisse s'interroge* avec Gulliver et les films de Henri Brandt ; la rencontre le soir même avec Annette au Café Romand ; leur nuit dans un grand appartement du centre qu'elle partageait avec deux amies et que lui louait son père, sorte de « banquier anarchiste » ; et la première apparition d'Annette à Rümlang face à ses parents sidérés.

Emil reposa le Mésoscaphe après l'avoir épousseté. Il éteignit et alla se coucher.

## 2

Encore un coup foireux. On a mangé notre cordon-bleu, bu un litre de bière et deux express, puis on est montés dans un taxi. Au début, Franz voulait rien me dire. Il s'est foutu de ma gueule quand je lui ai fait remarquer qu'on roulait au milieu de nulle part. Reste dans ta petite Romandie si tu n'aimes pas l'aventure, il m'a dit. J'ai vu un panneau annonçant Spreitenbach, je lui ai demandé ce qu'on foutait là, il m'a répondu qu'il était temps qu'on s'occupe de moi.

– Pourquoi de moi ? j'ai dit.

– Toi, parce qu'il faut que tu tires un coup de toute urgence.

– Ah ouais ? Tu te niques le dos en baisant dans mon lit et c'est moi qu'il faut sauver ?

– Ecoute, on va pas refaire l'histoire. Tu te rappelles ce qu'on s'est dit ? On s'amuse, on profite, et là j'ai l'impression que t'as pas encore vraiment profité.

Je comprenais bien que sortir et s'amuser, c'était le deal, mais ça me gonflait de le voir avec son air supérieur, genre moi je me débrouille très bien tout seul, je lève les nanas au rayon frais des supermarchés, j'assure et je suis ton sauveur. Va te faire foutre, je lui ai dit, mais ça l'a fait encore plus marrer.

On est descendus du taxi à côté d'une usine désaffectée. Il y avait des sirènes au loin. J'allais le chambrer mais il a poussé un cri de joie en voyant une guérite. Devant, il y avait un groupe de filles qui riaient. Il les a saluées mais elles sont entrées dans le bâtiment tagué.

Une vieille femme était assise dans le cabanon, derrière une vitre sale au bas de laquelle il y avait une fente, comme à la banque. Franz lui a demandé si c'était bien là la *Single Party*.

– *Füfzg Stutz*, elle a répondu.

Franz m'a traduit – cinquante balles par tête – et j'ai tiré encore plus la gueule. La vieille femme nous a tendu deux badges portant un numéro, quarante-six pour moi, quarante-sept pour Franz, qu'elle nous a montré où coller – sur la poitrine – en expliquant quelque chose que je n'ai pas compris. Franz a opiné du chef, il a dit « *okay, danke vilmol* » et on est allés vers la grande porte.

Ça a grincé de façon lugubre et on s'est retrouvés dans un couloir mal éclairé qui puait le moisi ou la pisse, ou les deux. Au bout, il y avait une lumière blafarde et une musique indistincte – de l'écho, beaucoup de basses, un semblant de mélodie.

– Et s'il y a des mecs qui nous attendent avec des chaînes de moto ? j'ai demandé sans chercher à être particulièrement drôle.

– Il y avait partout des affiches en ville, ça m'étonnerait, il m'a répondu. Et puis essaie de te détendre, dans vingt secondes, tu seras au paradis de la drague.

Le *paradis* avait des allures de bouge. Une grande feuille était punaisée sur un panneau à roulettes. On l'a regardée attentivement et on a vite compris que c'était là que les participants pouvaient faire des propositions de rendez-vous en indiquant le numéro de la personne et le lieu de rencontre – Café del Mar, Bionic Dancefloor, Tropical Lounge, Schweizerhof.

– Putain, mais c'est vraiment naze, ton truc, j'ai lâché.

– T'es vraiment un rabat-joie, il a dit. Pas étonnant que tu n'as plus baisé depuis une année.

– Je te fais juste remarquer qu'à Londres, c'est moi qui suis sorti avec Emma.

– Votre histoire a duré combien de temps ? Trois jours ?

– En attendant, quand je lui roulais des pelles sur le canapé, c'est toi qui bouffais ses Clarks.

– Il faut arrêter de vivre dans le passé. Tu es vraiment trop négatif, démerde-toi...

Dans la foulée, il a foutu le camp. Le salaud ! Je me suis retrouvé comme un con devant la grande feuille qui commençait à se décoller. J'ai zieuté autour de moi, complètement dépité, et, si je n'avais pas été perdu au milieu d'une zone de guerre, je serais reparti sur-le-champ.

De là où je me trouvais se répartissaient les différents espaces. Franz était parti vers le Bionic Dancefloor, où il y avait une piste de danse à moitié vide au-dessus de laquelle tournait une boule à facettes. J'ai pris le chemin opposé et je suis entré au Café del Mar. La déco était en plastique – les tables, les chaises, les palmiers, le faux soleil accroché au mur près du bar – et d'un mauvais goût assez suisse allemand. Quelques couples se bécotaient, c'était vraiment pathétique. Je suis allé au comptoir ; la serveuse s'activait comme s'il y avait foule. Elle avait les bras musculeux, les cheveux courts, et elle charriait les paniers de vaisselle sans effort apparent. Elle n'était pas vraiment mon style, mais au moins elle avait l'air d'avoir mon âge, pas comme la douzaine de garçons et filles qui zonaient par ici, certains se pelotant maladroitement sur les chaises dont les pieds se tordaient sous le poids de leurs corps inclinés.

– *Grüezi, eine Stange bitte*, j'ai dit à la serveuse.

Elle est partie me couler ma bière tout de suite, abandonnant son panier et remontant ses leggins. Je lui ai dit que la décoration était jolie, mais elle est restée de marbre. Quand elle est revenue avec ma bière, je lui ai tendu un billet en lui demandant si je pouvais lui offrir un verre ; elle m'a rendu la monnaie et est partie sans rien dire. J'ai tourné en rond pendant quinze-vingt minutes avec ma *Stange* dans les mains, visitant sans vraiment m'y arrêter le Tropical Lounge (encore plus kitsch, si cela est possible, que le Café del Mar avec ses matelas pneumatiques et ses ballons de plage posés sur l'équivalent d'une brouette de sable) et le Schweizerhof (dont l'esprit helvétique se résumait à trois tables en bois, une colonne à bière Tell et un fond sonore aux relents alémaniques). Puis je suis allé me planter devant le panneau des rendez-vous. Mon numéro n'y figurait pas – tu m'étonnes, vu le niveau !

Un peu par dépit, je suis parti au Bionic Dancefloor que j'avais évité jusqu'alors pour ne pas tomber sur Franz. Il dansait avec une jeune femme qui lui arrivait au sternum sur un tube d'Eros Ramazotti. Dès qu'il m'a vu, il m'a lancé un grand sourire en levant son pouce tandis que je m'approchais du bar. Je recevais ma vodka Red Bull quand il m'a rejoint.

– Pendant que tu faisais le zombie, j'ai bossé, il m'a dit.

– Putain, mais c'est des gamines.

– Elles ont dix-huit ans, je te jure, il m'a répondu en désignant le groupe de femmes que venait de rejoindre sa cavalière.

– On y va ? il m'a dit.

J'ai longuement réfléchi. Son plan me semblait vraiment pourri.

– Alors ? il a insisté.

– O.K., mais je te préviens. Je ne roule pas de pelles tant que je n'ai pas vu les cartes d'identité.

On leur a payé des verres – Coca et Sprite – et on s'est installés à leurs côtés. Franz s'est tout de suite senti obligé de leur faire tout un topo à mon sujet.

– Il est venu spécialement de Genève pour faire la fête à Spreitenbach. Je suis sûr que vous allez lui prouver qu'il n'a pas fait le déplacement pour rien.

Il devait parler fort à cause de la musique – « Yellow » de Coldplay, juste après « Blue (Da Ba Dee) » d'Eiffel 65, la programmation était pour le moins hétéroclite. Curieusement, je comprenais assez bien ce qu'il disait. Une des filles s'est adressée à moi dans un français plutôt bon.

– Vous faites quoi dans la vie ? elle m'a demandé.

– Tu sais, tu peux me tutoyer. Je suis journaliste.

Du haut de ses dix-sept ou dix-huit ans, elle m'a dit que c'était *u lässig*.

– Je suis spécialisé dans le tourisme, j'ai continué.

– Cool. Alors vous devez toujours être en voyage ?

– Assez souvent, ouais. D'ailleurs, je viens de rentrer de… du Kenya. Je faisais des photos dans le Masai Mara, un troupeau d'éléphants a chargé. J'ai dû partir en courant et je me suis ramassé la gueule.

– Quoi !

– Je suis tombé et je me suis blessé, j'ai dit en désignant mon bras gauche qui porte toujours son attelle, ce qui avait obligé Franz à couper, un peu contre son gré, mon cordon-bleu géant.

– C'est dangereux, ouah !

Pendant que je lui parlais, Franz m'a adressé des clins d'œil. Je l'ai ignoré et je me suis concentré sur la fille.

– Comment tu t'appelles ? je lui ai demandé.

– Stephanie.

– C'est joli, ça.

– Et vous ?

– Ecoute, ça me gêne, tu peux me dire *tu*.

– O.K.

– Je m'appelle François.

– Et vous avez fait quelles études pour devenir journaliste ?

J'ai failli lui répondre en faisant abstraction de ce *vous*, mais ça m'a vraiment gonflé.

– Pourquoi est-ce que tu ne me dis pas *tu* ? j'ai insisté.

– A cause de l'âge.

– Quoi, à cause de l'âge ? On est de la même génération.

Elle a baissé les yeux, gênée par mon insistance. Une de ses copines – elle aussi très à l'aise en français, décidément il n'y a que les Romands qui pataugent avec les langues – a volé à son secours.

– Elle veut dire que si tu avais le même âge qu'elle, tu serais sûrement en train de te soûler ou de faire des conneries.

La fille, plus âgée mais à peine, m'a montré trois gars bourrés, visiblement de *leur* génération, qui venaient du Tropical Lounge avec des ballons pour jouer à la balle sous la boule.

– Je reconnais que j'ai bientôt trente ans, mais j'ai été jeune et c'était il n'y a pas si longtemps, j'ai dit. A dix-sept ans et demi, j'ai quitté la maison pour aller faire un apprentissage à Genève.

– Oui, je sais, c'était comme ça à l'époque, a répondu l'amie.

Franz a dû voir que je perdais patience et que la situation partait en couille. Il a frappé dans ses mains et il a tenté d'insuffler un peu de légèreté à la discussion.

– Bon les filles, où est-ce que vous voulez continuer ? Vous connaissez un bar sympa dans le coin ?

Elles se sont rapidement concertées. C'est l'amie de Stephanie qui a pris la parole pour dire que son père venait d'arriver.

– Il nous attend dehors, elle a dit.

– Quoi ? s'est étranglé Franz. La soirée vient à peine de débuter.

Elles se sont levées toutes en même temps. Franz et moi, on s'est retrouvés seuls.

Dans le taxi qui nous ramenait à Zurich, il est d'abord resté silencieux. Puis il a commencé à me faire chier.

– Merde, il a dit. Je fais tout le boulot, tu te pointes et les filles se barrent.

– C'est quand même pas ma faute si elles ont dix-sept ans et qu'elles doivent rentrer avant minuit.

– C'est parce que tu dégages de mauvaises *vibes*…

– Quoi, je dégage de mauvaises *vibes* ?

– Tu freines, je sais pas pourquoi. On dirait que tu veux rester dans ton coin, ou alors que tu veux retourner avec Carole, c'est bizarre.

– Qu'est-ce que tu racontes ?

– C'est impressionnant, il a dit en lâchant un petit rire. Moi je suis toujours en contact avec une sorte d'énergie sexuelle, un peu érotique, mais quand je suis avec toi, il y a rien, c'est vide.

– T'es vraiment un salopard de dire ça.

– Mais c'est pas grave…

– Qu'est-ce que tu fous avec moi, alors ? C'est un peu facile de dire quand je suis tout seul, c'est génial, tout le monde m'adore, et quand je suis avec toi, c'est la merde.

– Oui, c'est comme ça, et je sais pas pourquoi.

– Alors ne reste pas avec moi.

– Mais je t'en veux pas, tu sais…

Dehors, on roulait de nouveau au milieu de nulle part et je me demandais si on allait sortir un jour de cette nuit sans fin.

– Donc tu vas faire la gueule, il a lancé sur le même ton provocant.

– Ça me fait chier que tu dises ça, c'est gonflé.

– …

– Moi aussi je pourrais te dire que tu fais n'importe quoi.

– Ah ouais, par exemple ?

– Ben là, justement, ce soir. Tu trouves *la* table où il y a des gamines. Qu'est-ce que tu veux qu'on fasse avec des gamines ?

– Des gamines, ouais. Elles ont quand même eu le droit d'entrer.

– D'accord, mais tu as vu le niveau ? Elles nous parlaient comme si on avait cinquante balais, qu'est-ce qu'on foutait avec elles ?

Il a regardé un moment par la fenêtre et j'ai senti qu'on n'allait pas se mettre d'accord. A la maison, on est tout de suite allés pioncer.

J'en veux à Carole, mais je crois que je m'en veux encore plus à moi. Cette pensée m'est venue quand je fixais le plafond chez Franz, incapable de dormir, car torturé par un flash-back tout pourri. Le début de la merde, c'était au tout début. On vient de faire connaissance à Londres. Elle rentre à Genève et je l'appelle de mon *garden flat*. Je tombe sur un mec, je raccroche. Tout de suite je rappelle. Et je retombe sur lui. Voix grave, accent toto, qui est ce gars ? Je me dis que je vais poser la question à Carole quand elle sera de retour. Ça doit être un colocataire, qu'est-ce que ça peut bien être d'autre, ce mec ?

– Et toi, ta journée ? je lui demande après qu'elle m'a bombardé de questions sur ce que j'ai fait depuis son départ de Londres.

Elle a répété à Saint-Gervais jusqu'à tard. Un petit rôle dans une pièce mineure, mais elle a besoin d'argent. Pour la bouffe, les assurances, le loyer et tout le reste.

– Avec ta colocation, ça va, tu t'en sors pas trop mal ? je glisse discrètement.

– Non, ça c'est fini. J'ai mon petit studio.

– Tu ne m'as pas dit que vous étiez trois ou quatre à Plainpalais ? Tu sais, l'appartement en attique…

– C'était pendant le Conservatoire. Là j'ai trouvé un truc grâce à une cousine qui bosse dans une régie. Sans elle, ça n'aurait pas été possible.

Une coloc ? Mon cul. Elle vit seule ! Je lui pose alors la question la plus évidente, la seule qui mérite d'être posée à ce moment-là.

– Tu veux dire que sans ta cousine, tu n'aurais jamais eu ton appartement ?

Elle m'explique le micmac auquel se livrent les régies immobilières, les visites groupées durant lesquelles quarante personnes déambulent dans un appartement, les dossiers qu'il faut ficeler comme si on cherchait à financer une start-up, le peu de probabilités que la demande aboutisse, surtout si l'on ne connaît personne au service location ou alors si on n'a pas donné une enveloppe à quelqu'un qui connaît quelqu'un, voire fait appel à une société qui réclame huit cents balles de frais, payables à l'avance, ou l'équivalent d'un à deux loyers dès qu'elle a déniché la « perle rare », avec sans doute un système de rétrocommissions qui signifie que le con dans l'histoire, c'est toujours et encore le locataire.

Je l'écoute religieusement et j'interviens à coup d'interjections outrées ou de relances complices. Il faut parler de ce mec, il faut que je demande à Carole pourquoi il a répondu. Voilà ce que je me dis, mais ça ne sort pas. Ma tête pense: putain, connard, pose-lui la question. Ma bouche dit: en tout cas, ça promet, je vais galérer à trouver un truc quand je rentrerai.

C'est quelques semaines plus tard que je lui en ai enfin parlé. On venait de faire l'amour, on était dans son studio et je m'étais embarqué dans une sorte de monologue un peu brouillon, dans lequel je lui parlais de nous, et de ce que nous ferions après mon stage à Londres, c'est-à-dire dès mon retour à Genève. Je ne me rappelle pas très bien ce que je lui ai dit, dans ces moments-là – et il y en aurait beaucoup par la suite – je me laissais aller, comme si je me sentais capable de tout lui dire mais seulement quand je l'avais dans mes bras et que nous fixions les deux le plafond, ou qu'elle m'observait de profil tandis que je regardais droit devant moi.

– Au fait, c'est qui le mec qui a répondu au téléphone ?

Elle n'a rien dit. J'ai cherché à savoir comment elle prenait la chose et j'ai été surpris de voir un sourire s'amorcer sur ses lèvres.

– Je me demandais si tu allais m'en parler un jour, elle a dit.

Le jour était arrivé et je me suis permis d'insister car la promiscuité de nos deux corps me libérait soudain d'un poids.

– C'est mon ex, Greg, elle m'a expliqué. Il était là parce qu'on devait régler encore quelques trucs ensemble.

J'ai hésité à lui demander de quels trucs elle parlait, mais j'ai pensé qu'il y avait des choses – des *trucs* contre des *choses*, on naviguait à vue – que je devais évoquer d'abord.

– Pourquoi tu ne m'en as pas parlé ? j'ai dit.

– Pourquoi tu n'as rien demandé ?

Je ne savais pas, alors j'ai posé d'autres questions.

– C'est vraiment fini entre vous ?

– Tu penses qu'on serait dans le même lit si ce n'était pas le cas ?

– Vous êtes restés combien de temps ensemble ?

– Je sais pas, quelque chose comme quatre ans, quatre ans et demi.

– Pourquoi ça s'est fini ?

– T'as pas une autre question ?

– Pourquoi, c'est compliqué ?

– C'est toujours compliqué...

Je me suis dégagé un peu et je me suis retrouvé sur le flanc, allongé face à elle. Elle me souriait et elle était particulièrement belle. Quelque chose dans son regard, ses yeux plissés, ses lèvres entrouvertes. Et puis ses cheveux en bataille et la sueur sur son front, qui me rappelaient que c'était avec moi, et non avec son ex, qu'elle venait de passer la moitié de l'après-midi à baiser dans toutes les positions ou presque.

Nous n'avons plus reparlé de Greg. Je crois qu'on a été heureux. Puis le 4 avril 1996 est arrivé...

# 3

Il y eut des bruits dans le couloir. D'abord la sonnette, puis des coups contre une porte, enfin une voix au ton impérieux dont les propos étaient indistincts.

Emil colla son œil contre le judas. C'était Franz, l'ami de son voisin. Il continuait de taper, et, de là où il se trouvait, Emil entendait clairement ce qu'il disait. Franz criait à François de lui ouvrir, parce qu'il était trempé. Mais l'autre ne réagissait pas. Quel genre de vie menaient-ils ?

– Est-ce que je peux vous aider ? demanda Emil en entrouvrant.

– Vous savez si François est rentré ? dit Franz en dialecte.

– Non, je ne sais pas.

– Vous avez une clé de chez lui ?

Franz était complètement détrempé et ce n'était pas parce qu'il avait marché sous l'averse. Ses vêtements dégoulinaient, on entendait le ploc, ploc des gouttes.

– Je la lui ai rendue.
– Mais pourquoi il ne m'ouvre pas ?
– A mon avis, il n'est pas là.
– Et s'il dort ?
– Je dormais et je vous ai entendu. Il n'est pas là, c'est sûr.

Franz avait l'air complètement dépité. Emil hésita ; ce petit con l'avait quand même bien snobé la dernière fois.

– Vous voulez venir chez moi, le temps qu'il arrive ?
– Merci beaucoup.

Emil ouvrit la porte, et, quand Franz passa à côté de lui, il sentit une forte odeur d'algues. De mieux en mieux.

– Si vous le souhaitez, vous pouvez utiliser ma douche. Je peux aussi vous donner des habits de rechange.

Pendant que son hôte se savonnait, Emil fouilla ses placards à la recherche d'une tenue qui pourrait faire l'affaire. Puis il fila à la cuisine pour faire bouillir de l'eau. Il n'avait pas dit toute la vérité à Franz : ses bruits dans le couloir ne l'avaient pas réveillé, il l'était déjà avant. A vrai dire, il n'avait pas réussi à fermer l'œil depuis qu'il s'était couché vers vingt-deux heures. Après avoir épousseté l'autre soir le sous-marin de Piccard, il avait ressorti des cartons remplis de photos et il s'était replongé dans ses souvenirs. Tout lui était revenu avec une précision affolante, en particulier les choses qu'il avait dites et regrettées par la suite, et celles qu'il n'avait pas eu le courage d'accomplir.

Franz le rejoignit dans la cuisine. Il portait un teeshirt mais avait une serviette enroulée autour de la taille.

– Le pantalon était vraiment trop petit, dit-il.

Ils s'installèrent au salon. Emil sur son fauteuil préféré, face à son téléviseur Grundig encore chaud à cause de la soirée *Musikantenstadl* qu'il s'était offerte; Franz sur le canapé.

– Qu'est-ce qui vous est arrivé ? demanda Emil.

– Je suis tombé à l'eau...

– Ça, j'avais cru le comprendre, mais je veux dire: qu'est-ce qui s'est passé pour que vous tombiez à l'eau ?

– Pfft... C'est compliqué.

Emil but une gorgée de thé en le dévisageant. Non, il n'en menait vraiment pas large.

– Vous savez qu'il m'est arrivé la même chose ?

– ...

– J'étais à Lausanne, à la fin des années 1960, et je me promenais à Vidy. J'étais avec une femme, nous nous tenions par la main, et là elle me dit sur un ton de reproche, parce qu'elle était un peu fâchée contre moi, on te dirait d'aller te jeter au lac, tu le ferais, alors je lui réponds, mais pas du tout, ou alors pas pour n'importe qui, et elle me dit, parce qu'il y a des gens pour qui tu le ferais quand même, et je lui dis, si c'était toi, oui, je me jetterais au lac, là évidemment, vous vous en doutez, elle me dit, alors vas-y, jette-toi au lac, et j'ai sauté dans le lac. Je devais être aussi mouillé que vous, sauf que là c'était l'hiver et j'ai tout de suite regretté…

Franz qui l'avait écouté en plissant le front resta silencieux. Il continua de boire son thé par petites gorgées.

La nuit aurait pu passer ainsi, sans plus un mot, mais il y eut le bruit de l'ascenseur arrivant à l'étage. Emil aperçut François par le judas et lui ouvrit. Il avait l'air hébété et ses cheveux étaient aussi mouillés. Sauf qu'il ne portait pas ses vêtements, mais un top rose moulant et un survêtement féminin. Dans la main, un sac rempli d'habits.

– Vous allez bien ?

– Je ne me suis pas encore posé la question…

– Franz est chez moi. Je l'appelle ?

François entra directement. Sans chercher à comprendre, Emil referma et les trouva posés sur le canapé. Ce n'est plus une tisane qu'il leur fallait, mais un bon schnaps.

– Est-ce que je peux vous poser une question ? dit Emil en leur tendant un verre à chacun.

François haussa les épaules, Franz grogna.

– Qu'est-ce qui vous est arrivé ?

Ils le dévisagèrent avec des grands yeux, comme s'il leur avait demandé combien ils gagnaient.

– Rien de spécial, on est sortis, dit François.

Emil observa la paire de chatons qu'il avait recueillis en pleine nuit. Une vague d'affection et de compassion le submergea.

– Vous êtes sortis en ville ? demanda Emil.

Franz soupira.

– Ça va recommencer avec les questions ? dit-il en esquissant un geste pour se lever.

– Non, ne craignez rien. C'est juste que je me fais un peu de souci. L'autre jour, je vous ai décoincé le dos et ce soir je vous récupère les deux dans un drôle d'état. Forcément je me pose des questions.

– Bien sûr…

– Je veux juste être sûr que vous n'êtes pas en train de prendre trop de risques, c'est tout.

Franz but son eau-de-vie cul sec et marmonna des paroles incompréhensibles.

– Il est un peu pudique, dit François.

Emil hocha la tête en souriant pour lui donner l'illusion qu'il le croyait. Franz, pudique ? A d'autres ! Mais il appréciait l'entregent de François et il ne voulait pas le braquer.

– Oui, ça se voit tout de suite et c'est très bien ainsi. Vous comprenez quand même que je m'inquiète pour vous ?

François but une gorgée.

– On est sortis et disons que ça ne s'est pas exactement passé comme prévu, dit-il.

– Vous êtes sortis… pour draguer ?

– On ne voit pas tout à fait les choses comme ça.

Emil se demanda s'il avait raté un chapitre. Les jeunes d'aujourd'hui ne sortaient donc plus pour rencontrer des gens de leur âge ?

– Non, bien sûr...

– On veut juste se changer un peu les idées, précisa François.

Franz pouffa mais personne ne fit attention à lui.

– C'est super, dit Emil. Vous voyez du monde et ça vous fait du bien, bravo.

– Cela dit, ce soir, on a peut-être mal apprécié la situation, concéda François.

– C'est-à-dire ?

Franz branla la tête, les yeux fermés, toujours vautré sur le canapé.

– Vous ne vous êtes quand même pas fait agresser ?

– Non... C'est juste que je n'ai pas trop envie de parler de ce qui m'est arrivé.

– Moi, par contre, j'ai très envie, dit Franz en se redressant d'un coup.

Emil ne sursauta pas. Il avait cerné le bonhomme : Franz était un rustre de Suisse centrale, un point c'est tout.

– Je rentre, dit-il à François. Elles sont où, les clés ?

– Dans le cornet.

Franz se leva et rattrapa de justesse la serviette de bain autour de sa taille. Il trouva le sac dans le vestibule, et, dès qu'il farfouilla à l'intérieur, il se mit à râler.

– *Gopfrid Stutz*, ça pue là-dedans !

Il détourna la tête de façon théâtrale et s'en alla dès qu'il eut mis la main sur le trousseau.

Une fois seuls, Emil remplit le verre de François.

– Si je comprends bien, dit-il, vous avez décidé de sortir. Pour vous changer les idées, c'est ça ?

– …

– Mais vous n'aviez pas l'air d'être ensemble ce soir ?

– On a croisé deux filles.

– Et vous êtes partis chacun de votre côté ?

– Celle avec qui Franz discutait avait l'air un peu, comment dire, triste… Je n'ai aucune idée de ce qui a pu se passer.

– Et la vôtre, enfin, je veux dire, celle avec qui vous étiez ?

François termina l'alcool d'une traite.

– Je ne veux pas vous déranger plus longtemps, dit-il.

– Vous ne me dérangez pas.

– Nos histoires ne sont pas si intéressantes que ça. On essaie juste de retrouver la légèreté et l'insouciance de nos vingt ans. A l'époque, tout paraissait plus simple…

– C'est normal, c'est la vie.

– Je vais y aller, dit François en tirant sur le tee-shirt rose au col évasé qui était remonté au-dessus de son nombril.

Tandis qu'il ramassait ses affaires dans le vestibule – où planait effectivement une sale odeur –, Emil eut une idée.

– Pourquoi ne pas venir dîner demain ?

– Franz repart tôt, dit François d'une voix blanche.

– Alors la semaine prochaine, s'il revient à Genève. Samedi midi ?

– D'accord.

Juste avant qu'il ne disparaisse à son tour, Emil retint François.

– Moi aussi j'ai connu une rupture douloureuse. A ce moment-là, une chose m'a aidé.

– …

– J'ai commencé à écrire. Dans un carnet, j'ai jeté toutes mes pensées.

– Un journal ?

– Appelez ça comme vous voulez. En tout cas, ça m'a fait du bien.

– J'écris déjà toute la journée…

– … justement, c'est pour cela que je vous en parle.

François n'avait pas l'air convaincu ; ça n'avait pas d'importance. Emil avait fait de son mieux pour l'aider. Il n'aurait rien à se reprocher s'il se jetait par la fenêtre en rentrant chez lui.

# 4

4 avril 1996. Un jeudi, veille de Pâques. La journée commence fort : Bruggisser annonce la suppression d'une vingtaine de destinations long-courriers au départ de Genève. Ça se passe au Swissair Center dans une salle qui donne sur le tarmac. A l'heure des questions-réponses, ça se bouscule. Vous êtes en train de nous dire que les Romands ne comptent pas, demande un confrère. Bruggisser ajuste ses fines lunettes, il parle d'une voix plate : non, on va créer une navette, dix vols par jour. Le soir au *19h30*, la Suisse romande sent la lame froide du couteau entre ses omoplates. Bientôt l'épisode fera plouf, mais pour l'instant ça ne rigole pas. Jean-Philippe Maître, conseiller d'Etat, démissionne du conseil d'administration de Swissair, son collègue Guy-Olivier Second dit que les Romands voient désormais en Swissair « non plus une compagnie nationale mais bien suisse allemande ». Dans la presse, Bozell Advertising achète une pleine page de pub, que l'agence invite les lecteurs à découper et envoyer

à la direction générale pour qu'elle réponde à la question qui s'étale sur douze lignes en capitales: « La compagnie aérienne qui supprime certains de ses vols de Genève-Cointrin pour des "mesures économiques" ira-t-elle jusqu'à supprimer les réacteurs de ses avions pour économiser du carburant ? »

Le soir, je retrouve Carole après qu'elle a disparu trois jours.

– On va faire une petite balade? elle me demande.

Dans l'ascenseur puis sur les trottoirs qui nous conduisent au bord du lac, je me sens totalement démuni. Pourquoi est-ce que je n'arrive jamais à dire ce que j'ai à lui dire ? On arrive au Jardin anglais et je me fais progressivement à l'idée que je vais de nouveau fermer ma gueule.

– Je sais que tu n'étais pas chez Isa.

C'est moi qui ai parlé. Elle me regarde, surprise, mais ne répond pas. Nous sommes près de la grande fontaine, il y a une bise assez fraîche mais bienvenue compte tenu du brasier qui me consume de l'intérieur.

– Tu as vu Greg ?

A ce moment-là, nous arrivons près de la grande horloge fleurie.

– Oui, je l'ai vu.

Je fige mon pas. Un couple se fait photographier devant les fleurs, ils se forcent à sourire.

– Tu joues à quoi, Carole ? je dis en soupirant.

Elle doit sentir mon exaspération. C'est là qu'elle me parle de la mère de Greg, une femme adorable qui l'avait prise sous son aile pendant qu'elle était en couple avec son fils, et à qui on a diagnostiqué un cancer du sein bien sûr incurable.

– Elle ne va plus vivre très longtemps, je suis allée lui dire adieu.

Nous reprenons notre marche et passons sous les voies de circulation. Nous descendons la rue du Rhône jusqu'à la place de Bel-Air et trouvons un banc près des Halles de l'Ile. J'accueille sa tête sur mon épaule. Sa main est dans la mienne. Dès que nos corps se frôlent, les problèmes s'enfuient.

– Tiens, c'est pour toi, elle me dit en tendant une enveloppe.

Elle est épaisse. Une lettre.

– Pourquoi ?

– Ça devrait t'aider à comprendre certaines choses.

– Tu veux que je la lise maintenant ?

– Non, tu le feras quand tu es seul.

A la maison, une fois Carole couchée, je m'installe sur le canapé. Devant moi, l'enveloppe. Non : une grenade dégoupillée. Je n'ai que quelques secondes pour décider si je m'en débarrasse ou si je la laisse me sauter à la gueule. Jusqu'en fin de soirée, je suis indécis, je me tâte, je joue à pile ou face. Finalement, je l'ouvre. La grenade explosera sous mon nez.

Les jours suivants, j'occulte les mots de Carole et je me concentre sur l'affaire des long-courriers Swissair. Mes papiers sont parus, l'édito de mon réd chef aussi, mais le sujet reste en une des quotidiens. Tout le monde s'agite. Soudain naît le rêve fou de voir la colère des Romands, déjà chauffés à blanc par le vote sur l'EEE, se transformer en action politique.

L'espoir d'une révolution culmine le 24 avril, la veille de la grande mobilisation convoquée à Genève par les médias. Au-dessus d'un coupon d'inscription, le texte suivant remplit une page entière dans les journaux romands : « Défendons l'aéroport de Genève ! Les Romands se mobilisent. Swissair veut supprimer treize lignes intercontinentales au départ de Cointrin. Cette décision provoque un tollé. L'aéroport est un atout vital pour l'économie de Suisse occidentale, la concentration à Zurich met en danger la cohésion nationale. Débattons de nouvelles idées pour soutenir et développer Cointrin. Pour tracer les voix à suivre, les médias romands organisent un grand forum-débat à l'aéroport de Genève. Des hommes politiques, des représentants de l'économie romande, des citoyennes et citoyens y prendront la parole. »

Le programme est alléchant. Je décide d'y aller. Dans le train qui me conduit à l'aéroport, j'observe les gens. Ils ont tous des valises, on dirait des voyageurs. Si la révolution est en marche, elle avance masquée. Ou alors la foule en colère est venue à pied, formant un cortège gigantesque sur l'avenue Louis-Casaï où plane une atmosphère bon enfant, empreinte de slogans à la fois révolutionnaires et iconoclastes: « A bas les Totos ! », « On veut notre liberté, gardez votre Swissair », « Hé Philippe, tu l'as vu, mon hub ? », « *De Philippe esch en huere Sack* » ou encore « Nus plutôt qu'en navette ».

Quand je descends à Cointrin, je me dis que la rumeur du peuple va guider mes pas. Je m'attends à devoir jouer des coudes pour être au premier rang. Je veux voir Jacques Pilet haranguer le peuple. Peut-être ce forum-débat prendra-t-il des allures d'Etats généraux ? Les Romands sont des révolutionnaires, ils ne sont pas des moutons comme les Alémaniques. En mai 1968, Jean-Luc Godard s'accrochait aux rideaux de la grande salle du palais des Festivals pour empêcher la projection de *Peppermint frappé*; avant lui, le major Davel voulait libérer le Pays de Vaud. Alors tout ça, la gentillesse et la docilité, c'est fini, *Punkt Schluss* !

Au niveau des départs, première surprise. Il n'y a pas de manifestants massés devant l'aéroport, ni aucun blindé ou fourgon de police antiémeute, alors que l'intégrité du territoire est clairement menacée. Sans doute les mécontents sont-ils déjà à l'intérieur, je me dis sans trop y croire. Devant les portes, je reconnais une grappe de confrères qui clopent, puis j'entre dans le hall. Là, deuxième surprise: il n'y a pas grand monde. Certes, je repère assez vite l'endroit où se tient le forum-débat, mais les participants sont tous ou presque des journalistes. Où est le peuple ? Comment va s'organiser la révolution ? Que vont penser les Alémaniques en partance pour Zurich quand ils verront la taille ridicule de ce rassemblement censé leur montrer la solidarité des Welsches pour leur aéroport ? A coup sûr, ils se taperont les cuisses dès qu'ils seront à bord de leur *navette*.

Le soir, je demande quand même à Carole des nouvelles de la mère de ce mec qui rira plus fort que les autres quand il sera informé du coup d'Etat raté des Romands.

– Hier ça allait mieux, mais les médecins ne sont pas très optimistes.

Je ne sais pas quoi répondre. Et je ne ressens aucune compassion. La seule chose qui me traverse l'esprit, c'est cette pensée parasite qui va enfler : quand la vieille mourra, tu peux être sûr qu'elle ira à son enterrement…

– Et pour cette histoire de bébé, j'enchaîne.

– Quoi ?

– Le bébé et tout. Vous en êtes où ?

– On en a reparlé, c'est derrière, elle répond.

Je l'embrasse et elle me sourit. Cette lettre, en fin de compte, un pétard mouillé…

# 5

Le samedi matin, Emil fit quelques courses après avoir déterminé le menu. Ce serait filets de poulet, brocolis et patates au four, puis tarte aux pommes avec crème et boule vanille. Il n'avait pas la certitude que François se souviendrait d'avoir accepté son invitation, mais peu importe. Au pire, il aurait des restes pour quelques jours.

Il dressait la table quand un coup de sonnette le fit sursauter. Onze heures quarante-cinq, ils étaient en avance. Heureusement, les filets de poulet déjà cuits étaient au four et les brocolis terminaient leur cuisson en même temps que les pommes de terre.

La porte s'ouvrit sur une jeune femme d'une trentaine d'années.

– Nora ?

– Salut papa, dit-elle dans un français impeccable.

Elle lui fit la bise et entra dans l'appartement, dont Emil referma la porte en peinant à contenir sa joie. Depuis combien de temps ne lui avait-elle pas fait de visite surprise ?

– Tu n'es pas venue avec Jonathan ?

– Il est resté à Zurich.

Elle retira sa veste et la tendit à son père en inspectant les lieux.

– Toujours pareil, ici.

– Pourquoi tu ne m'as pas dit que tu venais ? dit-il en cintrant son vêtement. J'aurais pu ranger un peu.

– Ça s'est décidé ce matin. Je te dérange ?

– Pas du tout.

Quand elle vit qu'il avait dressé la table pour trois personnes, elle l'interrogea du regard.

– Mon voisin, dit-il. Il a eu un grave accident, je le reçois avec un ami à lui.

– Ton voisin ?

– Oui, celui d'en face. Un jeune homme très sympathique.

– Depuis quand tu parles à tes voisins ?

– Je m'occupe parfois de son chat. Et puis là c'est un peu spécial.

Il s'approcha d'elle et baissa la voix.

– Sa copine l'a quitté…

Nora alla vers la porte-fenêtre qu'elle ouvrit toute grande.

– Tu voudrais peut-être que je vous laisse ?

– Tu es folle, bien sûr que non. Je vais simplement rajouter un couvert, il y en aura assez pour tout le monde.

– Besoin d'un petit coup de main ?

Pendant qu'elle surveillait la cuisson des brocolis et qu'il choisissait le vin, elle lui expliqua en deux mots les raisons de sa venue à Genève. Emil ne l'écoutait que d'une oreille distraite, submergé par la joie d'être en cuisine aux côtés de sa fille, mais en gros elle venait préparer un événement dans un palace de la ville. Une soirée à vocation humanitaire, crut-il comprendre sans chercher à en savoir davantage.

Un coup de sonnette annonça la venue des invités. Emil fit les présentations. Un malaise flotta dans la pièce. Franz avait des petits yeux et semblait de mauvais poil ; François, lui, était à l'image de sa coupe de cheveux, tout retourné.

A table, l'ambiance resta lourde. Les jeunes gens qu'il avait réunis s'obstinaient à ne rien dire.

– François a eu un très grave accident, dit Emil à sa fille.

– …

– C'est pour ça que son ami Franz est venu l'aider.

– …

– En tout cas, ça fait plaisir de vous voir tous réunis.

Ils commencèrent à manger et il n'y eut pendant quelques longues minutes que le cliquetis des couverts.

– Est-ce que vous savez que ma fille est aussi journaliste ? demanda Emil à François.

– Non, dit-il, surpris.

– Ça, c'était dans une autre vie, papa.

– Peut-être, mais en attendant, tu as été longtemps journaliste. Comme François.

Nora se tourna vers lui.

– Tu écris pour qui ?

– Un petit hebdomadaire spécialisé. Ça s'appelle *La Gazette du Tourisme*.

– Ça ne me dit rien, désolée.

– Normal, c'est distribué sur abonnement. Mais on est lus par toute la branche et en deux langues.

Nora but une gorgée de vin puis se tourna vers son père.

– Je ne savais pas que tu avais de si bons contacts avec tes voisins.

– On vivait chacun de notre côté et puis un jour on a pris la peine de discuter, expliqua Emil.

– Votre père m'a aidé à un moment un peu difficile, compléta François.

– Vous vous êtes fait larguer, c'est ça ?

– Nora, s'il te plaît.

– Ne vous inquiétez pas pour ça, dit François. Il faut appeler un chat un chat. Je me suis bien fait larguer.

– Pourquoi ?

François chercha ses mots mais rien ne vint.

– Elle ne savait pas ce qu'elle voulait, intervint Franz.

– Ah oui ?

Elle se tourna vers François et Emil n'aima son regard; il savait ce qui se passait quand elle avait quelqu'un dans le viseur.

– Tu es quel genre d'homme ? lui dit-elle.

– Moi ?

– Oui.

– …

– Ton pote a peut-être une idée ?

Franz piqua un brocoli avec sa fourchette et l'enfourna.

– C'est un rêveur, dit-il la bouche pleine. Il ne sait pas très bien ce qu'il veut lui non plus, même s'il a beaucoup d'ambitions. En plus, il est toujours en train de râler.

– Ça doit être la frustration, jugea Nora.

– Ouais, ça doit être ça…

– Est-ce que vous savez que je suis encore à table avec vous ? lâcha François.

Mais personne ne semblait plus faire attention à lui.

– Toi, tu es aussi journaliste ? demanda Nora à Franz.

– Non. Je vends des brossettes pour dentistes.

– Et vous faites souvent des repas à trois, comme ça ? dit-elle à son père.

– C'est la première fois.

Ils continuèrent à mastiquer en silence. Du coin de l'œil, Emil observa François; il avait la mâchoire serrée. Le reste des assiettes fut avalé en quelques minutes.

– Je vais aller préparer le dessert, dit Emil en sortant de table.

De la cuisine, il entendit un grand silence, à peine troublé par les assiettes et couverts qu'ils étaient en train de réunir. Il fallait qu'il se dépêche car il n'avait pas prévu que sa fille serait aussi rentre-dedans. Pauvre François, il était encore en convalescence.

– Mon père t'a aidé, alors ? demandait Nora.

– Disons que ses conseils sont tombés au bon moment. J'essaie de prendre les choses avec philosophie, répondait François.

– Tu dis ça avec le sourire, mais je sens quand même un peu de frustration dans ta voix.

Emil grimaça en sortant la glace vanille du congélateur. Ça y est, c'est parti, se dit-il en regrettant de ne pas avoir anticipé la mise en place du dessert. Le bloc était dur comme un roc, il en aurait pour une heure à dresser les assiettes.

– Normal que je sois frustré, disait François.

Tiens, il ne contre-attaque pas, s'étonna Emil, qui passait la cuillère à glace sous l'eau chaude.

– Ah oui ? Pourquoi ?

– Il y a déjà un moment que ma vie sentimentale bat de l'aile.

– C'est-à-dire ?

– Disons que ça fait une année que je n'ai plus fait l'amour.

– Je croyais que ta copine venait de te quitter.

– C'est juste. Mais bon, tu sais, on peut vivre avec quelqu'un sans faire l'amour.

– Vraiment ?

– Passé un certain stade, c'est même plus facile de ne rien faire. Si tu prends l'initiative, tu cours toujours le risque de te faire jeter ou alors de ne pas assurer. C'est même assez confortable une vie sans sexe.

– Tu dis n'importe quoi…

Emil parvint par miracle à mouler la première boule. Plus que trois.

– Non non, je te promets, poursuivait François. Tu peux bouquiner tranquille, sortir avec des potes ou même te payer une toile. Tu sais que l'autre ne t'en voudra pas si tu te couches tard. D'ailleurs, le sexe, c'est surfait. C'est quoi au juste ? Un peu d'agitation et de la transpiration. Des fois un orgasme, O.K., mais à part ça, c'est toujours un grand sentiment de vide après.

– C'est un point de vue.

– Moi, je te dis, le sexe, tout le monde dit que c'est à la base de toute relation saine et durable, mais la réalité, c'est que c'est voué à l'échec.

– C'est quoi la solution alors ?

– Je ne sais pas… Je suis encore en train de chercher.

– Mais comment tu as tenu le coup avec ta copine ?

– J'ai essayé de me débrouiller tout seul.

– Je ne suis pas certaine de bien comprendre.

Franz pouffa.

– Je me suis beaucoup masturbé.

– Forcément, quand on a quinze ans…

Emil moula la quatrième et dernière boule et revint au salon avec les assiettes. Il demanda à sa fille de couper le gâteau.

– Il devait y avoir de la crème mais je n'ai pas eu le courage de la préparer, dit Emil.

– J'aime bien la crème, moi, dit Franz.

– Une autre fois, d'accord ? Tout va bien, les enfants ?

– Ton voisin me vantait les mérites d'une vie sans sexe, lâcha-t-elle avec un sourire en distribuant une tranche à chacun.

– Rien que ça, fit Emil.

– Oui, reprit François. Je suis très à l'aise pour en parler, cela ne me gêne pas du tout. Au judo, d'ailleurs, l'entraînement solitaire est fondamental.

– Ouais ouais, dit Nora.

– Tu voulais savoir si j'étais frustré, je te réponds, excuse-moi. Dans les arts martiaux, ça sert à acquérir automatisme, vitesse et endurance.

– Désolé, mais ça, c'est pas du sport, dit-elle en agitant son poing.

– Il faut arrêter avec la pudibonderie. Tout le monde se masturbe mais personne n'en parle. Ça fait partie de la vie.

– La tienne a l'air passionnante…

– J'ai même lu une enquête qui disait que 60% des femmes de dix-huit à soixante-neuf ans se sont masturbées au moins une fois dans leur vie. Il n'y a rien de honteux.

– En effet, ça n'a pas l'air de te gêner de nous dire que tu passes ta vie à le faire…

– Même que si je me souviens bien, plus les femmes sont diplômées, plus elles se masturbent. Toi, tu as fait l'uni ?

– On devrait peut-être changer de sujet, non ? intervint Emil.

Franz, qui s'était goinfré pendant que les autres parlaient, se leva et partit en claquant la porte.

A table, François jouait avec une pomme tombée du gâteau.

– Encore une tranche ? demanda Emil.

– Non, merci, dit François en se levant.

Emil rangea la cuisine avec sa fille et but un café avec elle sur le balcon.

– La prochaine fois, préviens-moi quand tu reçois ton voisin. Je ne veux plus jamais le revoir.

La sentence était définitive; Emil savait que Nora ne reviendrait pas sur sa décision. Elle était comme ça, entière, c'est ce qui faisait sa force. Il promit qu'il ne lui imposerait plus sa présence et garda pour lui la drôle d'impression qu'il avait eue quand François avait salué Nora : l'étincelle dans le regard, les pommettes qui rosissent, sa fille lui plaisait.

# Troisième partie

*18h44*

Le chef avait réuni sa brigade dans la grande cuisine du palace. Nora observait les toques disposées en cercle autour du patron pour un briefing de dernière minute. Elle était de l'autre côté du passe-plat en inox mais voyait bien les cuisiniers à la tenue impeccable. Ils étaient une demi-douzaine et se tenaient droit, bras croisés ou derrière le dos, visage fermé. Parmi eux, aucune femme, comme d'hab.

Retroussant les manches de sa veste, puis ajustant le filet qui emmaillotait sa tignasse, le chef lâcha un mot d'encouragement. On y va, on y croit !

– Oui, chef ! répondit l'équipe d'une seule voix.

Nora sortit de la cuisine déjà surchauffée alors que le coup de feu n'avait même pas débuté. Ça promettait pour tout à l'heure, mais ce n'était pas son problème ; elle avait déjà perdu assez de temps comme ça avec la planification du repas.

Au cours des semaines précédentes, elle s'était retrouvée piégée entre, d'un côté, les organisateurs qui voulaient un repas de haut vol, le genre de happening culinaire qui suscite des cris d'émerveillement mais sans que le coût par convive ne dépasse un certain budget, et, de l'autre, un chef intransigeant qui ne travaillait qu'avec des fournisseurs locaux et des produits de saison et qui passait son temps à dire qu'à ce prix-là il pouvait bien cuisiner de la merde, mais que personne ne pousserait le moindre cri. Et quand les premiers avaient insisté en demandant s'il n'y avait pas moyen de s'approvisionner ailleurs, le second avait répliqué que ce n'était pas le genre de la maison de servir du veau hongrois nourri aux hormones et cuisiné le lendemain de son abattage, ou alors des asperges boliviennes toutes rabougries flottant dans une réduction à base de cube Maggi. Nora avait dans un premier temps servi d'intermédiaire, relayant les exigences de chacun par e-mail, jusqu'à ce qu'elle en ait sa claque d'être insultée par tous à la place des autres. La réunion qu'elle avait convoquée avait mal débuté – le chef, en guise de bienvenue, leur avait servi une bouchée infecte en expliquant que c'est à ça que ressemblerait le hors-d'œuvre si les organisateurs s'entêtaient à penser qu'il travaillait à l'Armée du Salut –, et elle aurait pu se terminer de manière abrupte si Nora n'avait pas pris les choses en main.

– Quatre cents balles le ticket pour de la merde sur assiette ? Je vous préviens, personne de ma brigade ne mettra les pieds dans la salle à la fin de la soirée, avait dit le chef en croisant les bras pour exhiber fièrement ses tatouages – une danseuse de flamenco emberlificotée dans des roses sur l'avant-bras gauche, un cœur transpercé par un poignard sur le droit –, posture martiale accompagnée d'un rictus qui voulait dire qu'il était prêt à virer de sa cuisine les intrus à coup de pied au cul s'il le fallait.

Nora avait coupé net les responsables qui s'apprêtaient à répliquer. Elle avait senti que les attaques allaient forcément être personnelles après qu'elle avait surpris un regard méprisant de la présidente de l'association caritative sur la barbe de trois jours du chef, qui de son côté avait lorgné avec un dégoût à peine masqué le tailleur pète-sec de la femme qui ne lui avait même pas serré la main en entrant dans *sa* cuisine.

– Est-ce que je peux vous rappeler qu'on organise un dîner de gala pour la bonne cause ? avait lancé Nora. Les villages d'orphelins, les petits sans parents, tous ces gosses faméliques, ça vous rappelle quelque chose ? C'est pour eux qu'on fait tout ça. Alors chacun va y mettre du sien et on va trouver une solution à tous nos problèmes. O.K. ?

Nora était grande, elle parlait d'une voix assurée, sa diction était parfaite. Grâce à sa prestance, elle avait retourné la situation à son avantage en moins de dix secondes. A partir de là, tout le monde avait marché au pas. Quand ils s'étaient tous quittés, le menu était ainsi imprimé sur une feuille et plus personne ne l'avait changé. Pour commencer, il y aurait un œuf en surprise à la truffe noire et aux épinards, puis une assiette de poisson (truite saumonée à l'estragon, à la moutarde et au poivre rouge) et une de viande (poulet fermier cuit en vessie à la sauce suprême, pommes de terre braisées, pudding de céleri).

*18h46*

Tandis qu'elle arpentait le couloir recouvert d'une épaisse moquette, Nora répondit au SMS de Mathilde, la stagiaire qui ne trouvait pas le kakémono. « Demande au concierge !! » tapa-t-elle, mais elle n'eut pas le temps d'envoyer le message car son Nokia sonna.

– Oui, papa, dit-elle en continuant de marcher, qu'est-ce qui se passe ?

– Le petit a de la température.

– Combien ?

– Je ne sais pas exactement, mais il est tout rouge et il a chaud.

– Il porte toujours son sweat ?

– Oui.

– Alors commence par le lui enlever.

– O.K.

– Et sinon, comment il va ? Il tousse, il a vomi, il a des boutons ?

– Non non, il a juste chaud et il a l'air fatigué.

– Donne-lui à boire et si dans une heure ça ne s'arrange pas, 15 ml d'Algifor et quatre heures plus tard 15 ml de Dafalgan.

– Attends, je note…

Nora évita tout commentaire, même si elle aurait pu lui dire que la posologie n'avait pas changé depuis la dernière fois.

– C'est bon, papa ?

– Oui, c'est noté.

Elle raccrocha, et, lorsqu'elle voulut appuyer sur le bouton « envoyer », elle se retrouva nez à nez avec Mathilde qui attendait les bras ballants à l'entrée du salon.

– Je n'ai pas trouvé le kakémono, dit-elle.

– Tu as demandé au concierge ?

– Ah non…

– Alors vas-y vite.

*18h55*

Le salon Léman commençait à se remplir. Le directeur de l'hôtel apparut avec la femme d'un célèbre footballeur. C'était une blonde sculpturale, ambassadrice de l'association, dont la tenue scintillait. Nora s'approcha de l'homme qui semblait bien terne à côté de l'astre étincelant qu'il escortait d'un peu trop près. Elle devait lui parler, mais on aurait dit qu'il l'ignorait.

Son attitude commençait à l'agacer. Pendant toutes les semaines où elle avait préparé l'événement, c'est à peine si elle l'avait vu. Le dossier avait été traité par son assistante, Pauline, une femme efficace avec qui le contact était bien passé. Or, depuis quelques jours, il s'était soudain réveillé, sans doute titillé à l'idée de tortiller ses fesses à côté de celles d'Elena, la star du soir. Il avait alors suggéré des options balayées depuis longtemps, comme celle d'un apéritif sur la terrasse.

Nora fut sur le point d'interrompre sa conversation avec un couple quand elle aperçut François au bout du long couloir. Elle savait qu'il figurait sur la liste, mais l'apparition de son visage au milieu de la foule lui causa un choc. Il portait un costard bon marché et son air grave indiquait un ennui profond ou un peu de nervosité.

– Pardonnez-moi, dit-elle au directeur en le coupant dans sa phrase.

Il s'excusa auprès de ses hôtes.

– Ducommun m'a appelé, il ne pourra pas être là pour le dîner, dit Nora.

– Et pour la vente ?

– Il a dit qu'il ferait de son mieux. Son vol a du retard.

Le directeur acquiesça en observant derrière elle. Son visage s'illumina et il s'en alla saluer quelqu'un. Nora se retourna, pensant un instant qu'il s'agissait de François, justement en train d'arriver, mais le directeur passa à côté de lui sans le voir et fit la bise à la femme juste derrière lui.

*19h01*

Nora se retrouva face à François.

– Salut, dit-il.

– Salut.

Il y eut un silence un peu étrange. Tout le monde dans la pièce papotait et eux se taisaient en se toisant.

– Tu t'es déjà annoncé ? finit par dire Nora.

– J'arrive à l'instant.

Elle se dirigea vers une Mathilde totalement débordée. François la suivit en observant les gens autour de lui.

– C'est François Monney, dit Nora à sa collègue. Regarde sous les journalistes.

Mathilde passa en revue la liste, son index arpentant la feuille remplie de caractères minuscules.

– Merci pour l'invitation, dit François.

– Il faut remercier l'hôtel. Le directeur voulait aussi la presse spécialisée.

– Voilà, trouvé, les interrompit Mathilde. *La Gazette du Tourisme*?

– Oui.

– Je vois que vous êtes deux, poursuivit la stagiaire.

– Justement, à ce propos..., dit François.

Nora jeta elle-même un œil sur la liste.

– Tu es là avec un Sylvain...

– … c’est mon rédacteur en chef. Il a eu un empêchement.

– O.K.

– Du coup, j’ai proposé à quelqu’un d’autre de venir.

Nora le dévisagea en hésitant entre le soulagement de savoir qu’il n’y aurait pas de chaise vide et l’inquiétude de se retrouver avec un cas social bombardé à la table de la presse.

– Zwingli ? lâcha-t-elle.

– Hein ?

– Ton pote zurichois, celui que j’ai vu l’autre jour ?

– Il est Lucernois.

– Il ne va pas nous foutre la honte ?

– Pourquoi tu dis ça ?

– Je ne sais pas… Peut-être parce que depuis que mon père vous connaît, j’ai entendu assez d’histoires pour flipper à l’idée de vous savoir les deux à la soirée que j’ai mis trois mois et demi à organiser ?

– Tu peux lui faire confiance, il saura se tenir, dit François.

Nora le considéra avec méfiance. Elle avait très envie de le croire sur parole, mais son intuition lui disait de se méfier. Elle verrait dans quelques heures que son sixième sens fonctionnait toujours aussi bien.

Elle vit Franz remonter à son tour le couloir au milieu des convives. Il la salua d’un ton neutre et lui demanda où étaient les toilettes.

– Mais je t'ai expliqué où elles étaient, dit François.

– Désolé, mais tes explications étaient nulles.

– Qu'est-ce que j'ai dit ?

– Je sais pas, tu m'as dit au fond à gauche.

– Et où tu es allé ?

– Au fond à gauche...

– Et ?

– Bah j'ai pas trouvé les toilettes.

Nora assistait à cette conversation surréaliste dans le décor élégant d'un cinq-étoiles en se demandant s'ils avaient été engagés les deux à son insu pour un numéro comique.

– Nora, dis-lui où sont les toilettes, lança François.

– De là où on se trouve, c'est au fond à droite, dit-elle.

– Ah, tu vois ! s'exclama Franz.

– Oui, mais ça c'est parce qu'on est à l'autre bout du couloir. Quand tu étais là-bas, vers la réception, c'était au fond à gauche...

– Mais non, c'est pas logique. Le couloir est droit, on est toujours dans le même axe et...

– Bon, messieurs, la discussion est passionnante mais je dois vous laisser.

François et Franz se tournèrent vers elle, surpris, comme s'ils avaient oublié qu'ils dissertaient en sa présence.

– Bien sûr, dit François. On va régler cette histoire entre nous.

– Table des journalistes, c'est la quatre, dit-elle.
– Table quatre, ça marche.
– Et je compte sur toi ? ajouta-t-elle.
Il acquiesça et reprit son échange avec Franz dès qu'elle leur tourna les talons. Leurs voix se mêlèrent au brouhaha et elle les oublia vite.

*19h19*

Nora entra dans la grande salle de bal où étaient dressées une vingtaine de tables rondes, au milieu desquelles trônait un somptueux arrangement floral. Au fond, une petite scène accueillait un piano à queue. Elle traversa la pièce en saluant la fleuriste, une amie, qui procédait aux derniers ajustements, et retrouva Ralf, autre stagiaire de son équipe, occupé à manipuler le micro sur pied.
– Tout va bien ? demanda-t-elle.
– On a juste un petit problème de son, répliqua-t-il en tapotant sur l'objet qui n'en produisait aucun.
A l'autre bout de la salle, un technicien assis derrière une petite table de régie mastiquait un chewing-gum.
– Le bouton, vous avez vérifié ? cria-t-il à Ralf.
– Oui !
Le stagiaire murmura à Nora que le gars était un peu stupide.
– Tu sais que c'est la troisième fois qu'il me demande de le vérifier, son bouton ?

Nora baissa les yeux et vit que le câble n'était pas branché. Elle le raccorda au micro.

– Vous m'entendez ? dit-elle en parlant fort dedans.

Sa voix, puissante, résonna, et le technicien leva un pouce.

– Tu vas faire quoi maintenant ? demanda Nora à Ralf.

Il resta la bouche ouverte sans rien dire. Elle se demanda s'il était con ou s'il faisait un concours avec Mathilde pour savoir qui serait élu le stagiaire le plus crétin de la soirée. Voyant qu'il pataugeait, elle décida pour lui.

– Rejoins Mathilde au salon, tu vas l'aider pour l'accueil. Et à vingt heures pile, vous m'envoyez tout le monde ici. Compris ?

*19h59*

Nora reçut un SMS de Mathilde. Tout le monde était arrivé, sauf Ducommun ; son vol en provenance de Paris était retardé à cause d'une grève. Il fallait espérer que quelqu'un s'occupe du vol pour Genève, sinon ce serait à elle de monter sur scène.

Les premiers convives entrèrent bientôt dans la grande salle de bal. Tandis que la chanteuse et son acolyte au piano interprétaient « Come Fly With Me », Nora rejoignit le directeur et la présidente de l'association, postés à l'entrée pour saluer les hôtes. Elle se tint légèrement en retrait, presque soulagée de savoir que la soirée était officiellement lancée. Seul un énorme coup du sort flanquerait tout par terre.

*20h07*

Dans le flot, elle aperçut François et Franz. A voir leur mine goguenarde, leur clash de tout à l'heure était enterré. Quand ils passèrent devant elle, François lui fit un petit signe de la tête auquel elle ne répondit pas.

– Dis-donc, tu es resplendissante, lança un homme d'une quarantaine d'années vêtu d'un smoking XXL.

– Salut Michel, dit-elle.

Michel lui présenta sa collègue, une blonde fluette montée sur talons qui semblait en proie au vertige.

– Tu es à la quatre, informa Nora tandis que la paire suivait la foule qui ruisselait entre les tables.

Elle jeta un coup d'œil en direction du coin des journalistes, où François et Franz saluaient les personnes déjà attablées. Elle était curieuse de voir comment se passerait la rencontre avec Michel.

– Nora, est-ce que je peux vous parler ? demanda le directeur qui avait surgi derrière elle et approché ses lèvres trop près de son oreille.

Ils sortirent dans le couloir.

– Je voulais discuter de la vente aux enchères, dit-il.

– J'ai appelé l'aéroport. L'arrivée du vol est prévue vers vingt et une heures trente. S'il prend un taxi, il sera là dans les temps.

– Très bien, parfait. Mais ce n'est pas de ça qu'il s'agit.

– O.K.

– Je vous demanderais bien ce service, mais ce n'est pas à vous de le faire. Tout le monde vous a vue, cela paraîtrait étrange.

– …

– La présidente de l'association est très attachée à son action caritative. Elle aimerait s'assurer qu'elle récoltera le maximum d'argent pour son nouveau projet d'orphelinat.

– …

– Elle m'a demandé s'il ne serait pas possible d'influencer un peu la vente aux enchères.

– C'est-à-dire ?

– L'idée, disons, serait d'avoir dans la salle une personne qui lève la main une ou deux fois pour être sûr qu'on obtienne un montant raisonnable.

– Est-ce qu'on a le droit de faire ça ?

Le directeur parut choqué.

– Vous n'insinuez quand même pas que je suis en train de faire quelque chose d'illégal ?

– Non, bien sûr que non.

– Tout cela est pour la bonne cause et puis Tatiana est une amie très chère. Il suffit de lever la main deux ou trois fois pendant la vente du bijou ou de la montre et le tour est joué. Nous sommes en bonne compagnie, il y aura forcément un généreux donateur pour renchérir.

Nora lui promit de s'en charger et le regarda s'en aller d'un pas léger pour rejoindre Tatiana. Il venait de lui refiler la patate chaude.

*20h21*

A la table cinq, Nora retrouva Florbela, son amie fleuriste, en pleine discussion avec un couple. Elle portait une robe de soirée à fines bretelles, et ses longs cheveux châtains étaient retenus par une barrette végétale dont l'élément le plus saillant était un trio de marguerites; elle n'aurait pas de mal à se faire passer pour une philanthrope. C'est précisément ce qu'elle lui dit à voix basse. Florbela parut réticente.

– Tu lèves la main deux fois assez au début et après tu arrêtes, O.K. ?

Florbela acquiesça à contrecœur.

*20h24*

Nora s'approcha de la table quatre. Au premier coup d'œil, elle réalisa que la seule chaise libre se trouvait à côté de François. Elle tiqua mais savait qu'à moins de réaliser un exercice d'évacuation d'urgence, ce serait à côté de lui qu'elle passerait la soirée.

Elle fut tout de suite complimentée par Michel, assis en face d'elle.

– Que nous vaut l'honneur de ta présence, chère Nora ? dit-il avec son sourire carnassier et sa voix de baryton.

– Tu sais comment sont les journalistes, il faut toujours quelqu'un pour les surveiller.

Michel éclata d'un rire franc et lança à l'attention de son voisin, Gaétan, un confrère qui avait lancé avec succès une plateforme digitale, qu'il l'adorait, cette nana.

A sa droite, Nora aperçut François et Franz qui bavardaient entre eux. Elle crut entendre dans la bouche de Franz une allusion à *la fille avec des fleurs sur la tête*, mais elle refusa de penser qu'il oserait la draguer au cours de la soirée.

– Super, l'organisation, glissa François, tandis que Michel et son voisin dégainaient leur appareil de photo numérique pour passer en revue leurs clichés respectifs.

– Merci, répondit Nora.

– Tu penses qu'on pourra réunir les organisateurs pour une photo ?

– Bien sûr.

– Dis voir, les interrompit Franz. Elle s'appelle comment la fille avec des fleurs sur la tête ?

– Pourquoi, tu veux la demander en mariage ?

– Non, je la trouve juste vachement bien.

Nora prit sur elle pour ne pas lui jeter son verre d'eau à la figure.

– Je peux te faire une confidence ? demanda-t-elle à Franz.

– Sûr…

– Les femmes en général, et mon amie Florbela en particulier, elles n'aiment pas tellement qu'on dise d'elles qu'elles sont *vachement bien*. Elles trouvent que c'est un peu réducteur et même si elles aiment l'idée de plaire, elles préfèrent que les hommes soient plus prévenants.

– Prévenant, c'est quoi ?

– Tu veux lui expliquer ? dit-elle à François.

– Prévenant, euh… C'est, comment dire, quand tu as du tact, de l'élégance, ou quelque chose comme ça, expliqua François.

– Du tact et de l'élégance. Oui, on peut dire ça comme ça.

– Donc elle s'appelle Florbela, dit Franz.

*20h35*

Nora parlait avec sa voisine de gauche, Véronique, journaliste de la presse quotidienne qui s'intéressait à la réouverture d'un restaurant d'une chaîne alémanique qui avait investi plusieurs millions dans sa rénovation. Elle lui disait pouvoir organiser sans problème une interview du directeur, tout en laissant traîner une oreille sur les autres discussions. Michel et Gaétan s'extasiaient au sujet des clichés pris par le premier au Bal de la

Croix-Rouge, qui avait eu lieu dans les halles CFF d'une petite ville romande.

– Il y avait de ces bombes, disait Michel.

– Je peux voir celle-là, répondait Gaétan en s'appropriant l'appareil de son voisin.

Les deux hommes fixaient le petit écran LCD en gloussant à chaque détail cocasse, mais impossible de savoir lesquels.

– J'ai entendu que la chaîne pourrait être rachetée par Mövenpick, c'est vrai ? demandait Véronique.

– Ce n'est pas du tout à l'ordre du jour, rétorquait Nora.

A côté d'elle, François et Franz étaient repartis dans leurs messes basses.

– Et vous avez parlé de quoi ? demandait le premier.

– De plein de choses, répondait le second. Elle a une sœur, ses parents vivent à Clermont-Ferrand.

– J'ai cru que tu devais te tenir à carreau ?

– On bosse quand même dans le même bureau, c'est dur de s'ignorer.

– Tu as réussi à te contenir ?

– Nickel.

Michel, lui, avait pris l'appareil de Gaétan pour en visionner le contenu et il était apparemment tombé sur une photo suffisamment gênante pour que l'autre lui arrache son Nikon des mains.

– Est-ce que j'ai bien vu ce que je pense que j'ai vu ? demandait Michel en prenant un air faussement outré.

– Non non, c'est rien, se défendait Gaétan en se dépêchant d'effacer le fichier.

– Effectivement, ce n'était pas grand-chose, répliquait l'autre dans un grand éclat de rire.

– Bon, il y a peut-être eu un petit contact vers la fin, disait Franz à François.

– Quel genre de petit contact ? s'étonnait François.

– Presque rien. On s'est juste un tout petit peu rapprochés.

– Rapprochés, genre, les pieds qui se touchent sous la table ?

– C'était sous la table, j'ai pas bien vu.

– Putain mais vous avez fait quoi ?

– Rien je te dis. On s'est juste embrassés, on a rien fait de mal.

– Non mais j'y crois pas… Tu me dis que vous avez bu un café et en fait tu t'es retrouvé à la peloter sous la table et à lui rouler des pelles ?

– Hé, c'est pas moi qui ai commencé.

– Tu es un vrai clébard, c'est pas possible. Je suis surpris que tu ne te lèches pas les couilles dans la rue.

Nora voulut tancer François, parce que le mot *couilles* n'était pas totalement passé inaperçu, mais il était tourné vers Franz, oublieux de tout ce qui l'entourait et en proie à une colère qu'elle ne parvenait pas vraiment à expliquer.

– C'est facile à dire, continuait Franz. Moi je suis sur le champ de bataille. Je me bats contre des nanas qui veulent baiser parce que des mecs comme *toi* sont pas foutus d'être des mecs.

– Tu n'es pas obligé de dire oui à chaque fois, disait François en cherchant à calmer le jeu.

– Et je fais quoi ? Je finis mon assiette pendant qu'elle m'attend aux chiottes ?

Nora donna un coup de genou à François sous la table.

– Tu es allé aux chiottes avec elle ? dit François.

– On n'allait quand même pas baiser sur la table, répliqua Franz. Tu vis vraiment sur une autre planète. Cette fille, tu n'as même pas idée. Au moment où tu penses que tu as tout donné, elle te met un doigt dans le cul et tu rebandes illico. C'est complètement fou…

Nora n'aurait pas juré que tout le monde avait entendu *tout* ce que Franz avait dit, mais elle était assez sûre que la musique – « Dream a Little Dream of Me » – n'avait pas couvert la fin de la conversation. François et Franz, d'ailleurs, semblaient progressivement se rendre compte qu'ils n'étaient pas les seuls à table. Si le premier avait piqué un fard, le second n'avait pas l'air gêné d'être au centre de l'attention.

– Nous n'avons pas eu l'occasion de nous présenter, leur dit Michel sur un ton guilleret, tandis qu'à ses côtés Gaétan, tout émoustillé, gigotait sur sa chaise.

– Je travaille à *La Gazette du Tourisme*, dit François en prenant sur lui pour rétablir un semblant de crédibilité au duo qu'il formait avec Franz.

– Je ne connais pas ce titre, fit remarquer Michel.

– C'est un journal spécialisé, on est distribués sur abonnement.

– Très intéressant. Et votre camarade ?

François parut emprunté.

– Il travaille pour le même journal. Sauf que lui est à la rédaction de Zurich, et moi à celle de Genève.

– Il est donc Suisse allemand ?

– Oui.

– Bonchour, je parle le français fédéral, cria Michel en imitant l'accent des Alémaniques qui parle français.

Nora, qui assistait impuissante à la scène, constata que si Franz avait d'abord paru serein, la dernière remarque semblait l'avoir piqué au vif. Il manifesta un signe d'agacement discret, sa mâchoire et son poing droit se refermant dans un réflexe simultané qui n'annonçait rien de bon.

– C'est bizarre, pour un Toto, il est plutôt bien habillé, lâcha Gaétan. D'habitude, ils portent des cravates Mickey.

– Moi, ce que je trouve surtout bizarre, c'est qu'il a l'air de bien maîtriser la langue, remarqua Michel.

– Il est bilingue, dit François.

– Dommage, répondit Michel. Normalement, on peut leur raconter n'importe quoi et ils n'y pigent que dalle. Sauf que là, monsieur ton collègue n'a visiblement pas de problème à exprimer ses sentiments les plus profonds...

Cette fois, ça y est, tout va me péter à la gueule, pensa Nora. Elle imaginait déjà Franz se lever pour empoigner Gaétan et s'en servir pour taper Michel. Elle n'avait pas eu besoin de le côtoyer longtemps pour se rendre compte que c'était un teigneux.

– Ouais, je parle assez bien le français, dit Franz sur un ton qui était, contre toute attente, plutôt amical.

– Je l'entends, cher ami, le complimenta Michel. Il faudrait que vous nous disiez un mot sur la charmante personne dont vous parliez tout à l'heure.

– Nah.

– Pourquoi pas ?

– On n'est même pas censés s'approcher à moins de trois mètres, ça pourrait me retomber dessus.

Michel leva un sourcil, Nora baissa le menton. Comment en était-on venu à parler de massage anal à un repas de charité ?

*20h45*

– Bonsoir à tous !

La voix du directeur résonna dans la salle. Il se tenait sur la scène avec le micro dans les mains et un large sourire sur les lèvres, encadré par la chanteuse et Elena. Il expliqua en quelques mots le déroulement de la soirée – les interventions, entre chaque plat, du chef de cave du domaine dont les convives boiraient les vins, la présentation par sa présidente, l'inimitable Tatiana, des activités de l'association à laquelle seraient destinés les fonds récoltés et, clou de la soirée, la grande vente aux enchères présidée par monsieur Ducommun, le célébrissime commissaire-priseur, dont l'avion venait d'atterrir de Paris et qui les rejoindrait avant le dessert. Tout le monde applaudit.

La brigade de service entra dans la grande salle avec les amuse-bouches. Nora suivit du regard les serveurs, en majorité des femmes, qui se faufilaient entre les tables pour y déposer un récipient sphérique contenant une mousse de féra surmontée d'une fleur comestible et d'une tuile de parmesan. Tout le monde accueillit le plat avec un vif ravissement, sauf François qui s'était soudain raidi à l'approche d'une serveuse à l'allure pourtant quelconque. Nora observa son manège pour éviter toute interaction avec la jeune femme qui s'activait en face de lui – elle déposait la sphère devant Michel et Gaétan – et elle nota la façon curieuse qu'il eut de lui sourire quand même au moment où elle repartait.

La femme, elle, resta de marbre. Son attitude, au lieu de rassurer François qui avait tout fait pour retarder le moment du contact visuel, sembla le déstabiliser. Il se pencha vers Franz pour lui murmurer quelques mots à l'oreille. Son ami se retourna pour jeter un coup d'œil en direction de la fille, qui, déjà, sortait de la salle.

*21h01*

Nora aperçut Florbela qui se levait après que les serveurs étaient revenus débarrasser l'amuse-bouche. A sa table, chacun discutait à mi-voix avec son voisin ou sa voisine. Elle en profita pour s'éclipser discrètement.

Dans le couloir, elle vit Florbela tourner à la réception, là où elle emprunterait sans doute la rampe d'escaliers principale pour aller fumer une clope sur le trottoir longeant la grande avenue.

– Nora ?

La voix d'homme venait de derrière. Elle se retourna et aperçut Ralf, le stagiaire.

– Est-ce que je peux t'embêter une minute ?

– Bien sûr, dit-elle à contrecœur.

– On a un souci avec l'un des lots principaux.

– Ah oui ?

– La montre, il paraît qu'elle n'est plus dans le coffre de la réception.

Nora le dévisagea avec gravité. Comment lui dire sans l'insulter que le problème avait été résolu il y a plus de deux heures ? Et comment aussi lui faire comprendre que, lorsqu'elle lui avait demandé pourquoi personne ne la trouvait plus, il aurait dû commencer par appeler le représentant de la manufacture horlogère, et non crier au voleur comme un touriste qui se fait détrousser sur la ligne 12 ? La discussion aurait pu tourner à la leçon de morale, elle aurait dû servir à rappeler certains fondamentaux, mais Nora vit François marcher dans sa direction.

– On l'a retrouvée, merci Ralf, dit-elle en s'en allant.

Elle avança les yeux fermés, priant pour que François ne la rattrape pas et qu'elle puisse retrouver vite Florbela. Il ne restait plus que quelques mètres avant la réception et elle…

– Nora ?

Son pas se figea. Lentement elle se retourna.

Ralf était de nouveau là, devant elle. François ? Disparu.

– Et la bague ? demanda le stagiaire.

– La bague va bien elle aussi. Et je suis sûre qu'elle se vendra très cher.

Nora sortit quelques instants. Dehors, il faisait nuit. Florbela était en train d'écraser sa cigarette, accompagnée par deux autres fumeurs avec lesquels elle avait entamé la discussion. Nora leur annonça que la suite allait être servie et ils rentrèrent tout de suite. Elle resta, elle, quelques instants à regarder les voitures. Devant l'hôtel, il y avait un taxi. L'idée de s'en aller lui vint à l'esprit. Elle n'avait qu'à monter dedans et l'affaire serait réglée.

*21h23*

L'œuf en surprise à la truffe noire et aux épinards fut une franche réussite. Le plat rappela à Nora celui qu'elle avait mangé au Restaurant de l'Hôtel de Ville de Crissier, où son compagnon de l'époque, le père de Jonathan, l'avait emmenée le jour où il avait obtenu un poste à responsabilité dans une multinationale. Dans son souvenir, la création de Philippe Rochat était à la truffe blanche, et non noire, et elle était coiffée de copeaux de parmesan. Après le repas, le chef avait fait le tour des tables et raconté l'histoire de ce plat. Il s'était imaginé ce qu'une grand-mère piémontaise avait dans sa cuisine – des œufs, du beurre, de la crème, des pâtes – et il avait ajouté une farce de volaille et une masse à base d'épinards. Le résultat : divin. Nora se rappelait d'autant mieux ce repas qu'il avait précédé une débâcle lamentable ; cinq semaines après leur festin, Nora et son compagnon s'étaient séparés.

– Comment c'était, votre soirée à tous les deux ? demanda Franz à Nora.

Cette question tombée du ciel la tira de sa rêverie. Elle dévisagea Franz, occupé à mastiquer un morceau de pain, qu'il fit descendre en buvant une longue gorgée de vin rouge.

– On n'est pas obligés de parler de ça, dit François.

– J'ai quand même droit de lui poser la question, non ?

– Nora, surtout, ne te sens pas obligée de tout raconter, insista son voisin de table.

Elle les observa tour à tour sans savoir où ils voulaient en venir.

– Il m'a bien rendu service, dit-elle.

– Ah ouais ? Tu en avais autant besoin que ça ? s'étonna Franz.

– Oui, j'avais vraiment besoin de son aide. Seule, ça n'aurait pas été.

– Bien sûr. J'avais oublié que le plaisir solitaire, ce n'est pas vraiment ta tasse de thé.

Nora écarquilla les yeux. Le plaisir solitaire ?

– Excuse-moi, mais de quoi tu parles ?

– Je peux tout expliquer, intervint François.

– Bah je parle de ta soirée avec François.

– Tu veux dire la soirée où il est venu garder Jonathan ?

– Jonathan ? répéta Franz. C'est qui, ça ?

– Jonathan, c'est son fils. Il a cinq ans et demi.

Franz se redressa sur sa chaise. Nora, elle, afficha un air sévère.

– Qu'est-ce que tu lui as raconté ?

– Rien, je n'ai pas dit grand-chose…

– Il n'a pas dit que vous aviez baisé, si c'est ça que tu veux savoir, dit Franz. Mais bon, il n'a pas dit le contraire non plus, et il n'a certainement pas dit qu'il avait fait du baby-sitting.

La stupéfaction passée, Franz semblait progressivement gagné par un rire nerveux.

– Elle a un gosse et tu me dis rien ? lança-t-il à François.

– Non.

– J'ai cru qu'on devait tout se dire ?

– Ben quoi, elle m'a appelé pour que je garde son fils pendant qu'elle sortait avec ses copines.

Le rire de Franz monta d'un cran. Son corps était traversé par des secousses de plus en plus violentes.

– J'y crois pas, elle est sortie avec ses copines ! pouffa-t-il.

– C'est ça, marre-toi…

Il a envie de le tuer, pensa Nora.

– Putain, je sais même pas pourquoi je t'ai emmené avec moi ici, continua François.

Franz, totalement hilare, n'arrivait plus à se ravoir.

– Bon ben ça suffit, je ne vois pas ce qui est si drôle. C'est quand même une marque de confiance.

– Est-ce qu'elle t'a payé au moins ? demanda Franz en riant de plus belle.

– Connard…

Franz quitta la salle, emporté par un nouvel éclat de rire.

– Est-ce que votre collègue va bien ? dit Michel à François.

– Ça va, il s'est juste écorché le gosier avec sa langue, répondit-il.

Nora se pencha vers François.

– Je suis désolée qu'il l'ait pris comme ça, dit-elle à mi-voix. Mais pourquoi tu ne lui as rien dit ?

– Je lui ai tout raconté mais il n'a rien compris.

– Ah ouais ?

– N'oublie pas que c'est un Suisse allemand…

*21h55*

Nora sentit son téléphone vibrer dans sa poche. C'était Ducommun. Elle remonta le hall jusqu'au lobby, où elle trouva le commissaire-priseur avec son bagage à la réception. Il lui expliqua les conditions rocambolesques de son embarquement à CDG – « est-ce qu'il existe un trophée du pire aéroport au monde ? » –, mais elle ne l'écoutait déjà plus.

Non loin d'eux, Florbela marchait aux côtés de Franz. Ils avaient l'air de converser naturellement et c'est cette légèreté, le sentiment qu'entre les deux naissait une forme de complicité, qui la contrariait.

– La vente va démarrer dans environ trois quarts d'heure, dit-elle à Ducommun. Cela vous laisse le temps d'aller vous changer.

– Je crève de faim, pas besoin de smoking ! lâcha-t-il en remettant la fiche d'inscription à la réceptionniste.

Nora entreprit de l'accompagner jusqu'à la grande salle. Elle marchait avec lui juste derrière Florbela et Franz, et, honnêtement, le spectacle était horrible. Franz racontait des choses d'une petite voix charmante, à voix trop basse pour qu'elle puisse saisir ses propos, et Florbela se marrait. Oui, elle se tordait de rire, c'était lamentable. Quand Franz se mit à marcher comme un zombie en criant « *Night of the Living Dead !* », elle partit dans un éclat de rire si fort que Ducommun se permit une remarque.

– Les gens ont l'air de s'amuser, chez vous, Nora. Bravo pour cette soirée !

– Vous ne trouvez pas qu'ils exagèrent un peu ?

– Si vous saviez comme ces sauteries sont si souvent assommantes. Il n'y a que des vieux, ça pue la naphtaline et si quelqu'un éternue, il y a trois arrêts cardiaques et deux syncopes.

Nora prit sur elle et contourna le couple. Il était collé tout contre elle, son corps touchant le sien, et il s'évertuait à remettre de l'ordre dans la barrette fleurie de Florbela en évoquant un certain Okakura Kakuzô, auteur japonais qui avait apparemment écrit un ouvrage intitulé *Le Livre du thé*, où il était question de fleurs et du monde l'art. Bref, c'est avec un ramassis de conneries que Franz était en train de séduire son amie, un comble.

Nora conduisit Ducommun à la table du directeur, qui l'accueillit à bras ouverts. Elle les laissa à leurs retrouvailles émues pour filer directement vers Florbela.

– Qu'est-ce que tu fais avec ce mec ?

– Qui ça ?

– Celui avec qui tu étais dans le couloir.

– Ah, Franz.

– Je te préviens, il n'est pas très net.

– Pourquoi tu dis ça ?

– Je suis à sa table et je connais son pote. Ils craignent tous les deux.

– L'autre, je connais pas, mais lui est très sympa.

– Qu'est-ce qu'il te disait pour te faire marrer comme ça ?

– Oh rien, il m'expliquait juste ce qu'il pense des fleurs.

– Et alors ?

– Il trouve que dès qu'on les cueille elles sont comme les poulets.

– Les poulets ?

– Oui. Tu leur coupes la tête, ils continuent à courir. Est-ce qu'ils sont vivants, est-ce qu'ils sont morts ? Dur à dire.

– …

– Pour lui, les fleurs, c'est pareil. C'est pour ça qu'il imitait un zombie, trop marrant.

– Tu lui as dit que tu étais fleuriste ?

– Ben oui, c'est de là que tout est parti.

Nora n'en revenait pas. En cinq minutes, Franz avait totalement retourné l'esprit d'une femme qu'elle connaissait depuis quinze ans.

– Dis-lui que j'irai de nouveau fumer une clope avant le dessert, lança Florbela au moment où Nora repartait vers sa table.

*22h08*

Elle ne transmit aucun message et observa avec un mélange de dégoût et de consternation les petits signes de la main que Franz et Florbela s'échangèrent à distance.

– Chère Nora, nous étions en train de nous poser une question, l'interpela Michel.

– Oui ?

– Est-ce qu'une femme peut être aussi efficace qu'un homme à la direction d'un hôtel ?

– Quoi ?

Michel allait reformuler sa question quand les serveurs arrivèrent avec le poulet fermier cuit en vessie à la sauce suprême. La jeune femme de tout à l'heure était de retour, après avoir apporté l'entrée à une autre table. De nouveau, François parut extrêmement mal à l'aise. C'est comme s'il refusait de croiser son regard, un manège absurde qui n'avait pas échappé non plus à Franz qui recommençait à se bidonner.

– Bon, ça suffit, dit François.

– J'ai rien dit !

La serveuse posa une assiette devant Nora, et, profitant qu'elle se trouvait à la gauche de François, elle lui adressa un petit clin d'œil. Est-ce que Nora hallucinait ou cette nana était en train de draguer François ?

– Est-ce qu'il la connaît ? demanda Nora à Franz.

Il se contenta de hausser les épaules. Après le coup du baby-sitting, il semblait préférer se taire. Quant à François, il piochait allégrement dans son assiette, concentré sur sa mastication, fermé sur lui-même.

La volaille était un peu trop cuite et l'accompagnement raté : les pommes braisées manquaient d'assaisonnement et le pudding de céleri avait une consistance baveuse qui ne s'accordait avec le reste. Ça valait bien le coup de se la jouer grand chef quand on foirait le plat principal, pensa Nora. Elle revoyait l'attitude excédée et le ton péremptoire du tatoué quand il avait parlementé avec Tatiana ; il avait semblé à cet instant-là totalement en contrôle de son art. Or, il n'avait rien d'un artiste ; il était juste un mec bourru se la pétant avec sa brigade cent pour cent masculine.

Nora aurait voulu débarquer en cuisine pour pousser un coup de gueule. Elle aurait hurlé le nom du chef puis exigé qu'il ouvre bien ses yeux lorsque les assiettes seraient de retour. Tu verras ce qui se passe quand on maltraite la volaille, aurait-elle dit. Il aurait bien sûr réagi avec véhémence. Tu sais ce que c'est, le métier de cuisinier ? Elle n'aurait pas hésité une seconde à répondre : les cuisiniers, c'est des planqués. Il aurait tiqué. Des planqués ? Oui, les mecs les plus planqués qui existent. Ses bras tatoués se seraient croisés, il aurait baissé son menton pour tenter de l'intimider. Ah ouais ? Bien sûr qu'ils le sont et je vais te dire pourquoi. Le métier est dur, les horaires impossibles. Mais tu sais quoi ? Tout ça, c'est du *bullshit* pour se vautrer dans sa bulle. Il faut emmener les gosses à l'école ? Désolé chérie, le matin, c'est le seul moment où je peux faire du vélo ou rencontrer mes producteurs.

La petite est malade et la crèche vient d'appeler ? C'est le coup de feu, je ne comprends même pas pourquoi tu me téléphones. Il y a des devoirs ou un vocabulaire d'allemand pour demain ? Voyons, tu sais très bien que j'ai besoin de prendre un peu de temps pour moi avant le service du soir. Le chef l'aurait écoutée jusqu'au bout et il lui aurait répliqué qu'elle n'avait qu'à venir bosser en cuisine, ça lui changerait de ce qu'elle faisait, brasser de l'air, passer sa vie au bout du fil, lécher des culs. Figure-toi que j'ai bossé en cuisine, aurait-elle poursuivi. Pendant mes études, j'ai été commise dans plusieurs bistrots. Tu sais ce qui s'est passé ? On m'a mis la main au cul, on m'a pelotée dans les chambres froides et on m'a traitée de gonzesse prude et coincée parce que je ne riais pas aux blagues vulgaires et sexistes. Là, Tatiana serait certainement intervenue, parce que les convives auraient été en train d'attendre le dessert, sans parler même de la vente aux enchères. Nora se serait tournée vers elle pour lui dire qu'elle avait meilleur temps de démarrer tout de suite la vente plutôt que d'attendre un parfait qui ne le serait sûrement pas, et qui serait servi par des perverses draguant ouvertement les convives. Tout ça se serait terminé par une bonne engueulade, à la suite de laquelle Nora aurait filé sa dém pour se consacrer enfin à ce doctorat dont elle n'avait cessé de repousser l'échéance et qui la libérerait d'un monde du travail qu'elle trouvait vain et vulgaire.

*22h14*

– Oui, Nora, reprit Michel. Une femme, à ton avis, ça peut faire l'affaire à la direction d'un hôtel ?

Elle eut besoin de quelques instants pour réaliser où elle se trouvait. Son esprit l'avait emmenée loin de cette table, elle était sonnée.

– C'est quoi, cette question ?

– Tout à l'heure, mon confrère Gaétan ici présent disait que depuis l'affaire Kopp les gens se méfient des femmes qui occupent des postes à responsabilité.

– L'affaire Kopp ?

– Mais oui, tu sais, le coup de fil au mari pour…

– … je sais ce qu'est l'affaire Kopp. Je me demande juste ce qu'une vieille histoire comme ça vient faire dans le débat.

– Ça, tu le demanderas à Gaétan, dit Michel en se tournant vers lui.

Gaétan parut emprunté. Les petites vacheries dans l'oreille de son pote, ça ne lui posait pas de problème. En revanche, assumer en public ses délires sexistes, un peu plus dur.

– Bon, c'est vrai que ça date, dit-il en commençant d'emblée par une concession qui en disait long sur le courage avec lequel il allait défendre sa cause.

– C'était en 1989, il y a onze ans. Et ensuite ? le pressa Nora.

– Mais il faut quand même se rappeler du choc que ça a été.

– Tu parles de quoi, exactement ? Du fait que son mari était accusé de blanchir l'argent de la drogue ?

– Non, je parle de son coup de fil. Elle l'a quand même prévenu de l'enquête et encouragé à démissionner de cette boîte sous enquête…

– … qui s'appelait Shakarchi Trading.

– Dis donc, tu connais bien le dossier, s'étonna Gaétan.

– Quand tu argumentes avec Nora, tu dois connaître ton dossier sur le bout des doigts, sinon elle te broie, dit Michel. Comme elle est en train de le faire, mais vas-y, tu peux encore essayer de te rattraper.

– Et ensuite ? lança Nora.

– Ensuite… Disons que si elle a démissionné, c'est qu'elle avait quand même commis un impair. Ce qu'elle a fait, ça ne se fait pas. Ça s'appelle la violation du secret de fonction.

– Sauf que le Tribunal fédéral l'a blanchie de cette accusation.

– Vraiment ?

– Oui, c'était en 1990. Mais peut-être que tu étais encore sur les genoux de ta mère à ce moment-là. Tu sais, la femme qui t'a élevé et qui a arrêté de travailler pour te torcher et nettoyer ton vomi.

Michel partit dans un grand éclat de rire.

– Bang ! Mon pauvre Gaétan vient de se faire atomiser, dit-il.

Il ne restait en effet plus grand-chose de la superbe du journaliste qui hésitait entre rire avec Michel ou répondre à Nora. Mais l'inconsistance de sa pensée et la nature approximative de ses arguments l'obligèrent rapidement à trancher en faveur de la première option.

– Bon, moi, je vais fumer une clope, dit Franz en se levant.

– Va en paix, cher ami d'outre-Sarine, lui lança Michel, toujours en proie à un rire contagieux.

Autour de la table, tout le monde y allait de son commentaire pour qualifier l'offensive rhétorique de Nora : une attaque en règle, une salve de roquettes, un coup de bazooka, etc. Elle aurait pu savourer sa victoire, mais l'euphorie générale la contrariait. Au lieu de parler du fond, c'est-à-dire de la croyance débile qu'une femme à la tête d'un hôtel serait moins crédible qu'un homme, le débat tournait autour de la forme. Peu importait finalement qu'elle l'avait « atomisé », comme le prétendait Michel ; elle lui avait surtout opposé des arguments imparables.

– Qu'est-ce qui vous arrive ? dit Michel à François.

– Quoi ?

– Votre nez.

Nora se tourna vers François. Un filet de sang coulait de sa narine gauche et il était très pâle. Quand il toucha sa lèvre et vit le bout de ses doigts rouges, il prit sa serviette et la plaqua contre son nez.

– Le débat est trop intense pour vous, continua Michel.

François se leva et s'en alla d'une démarche peu assurée.

– Il m'a l'air un peu sonné, dit Michel à Nora. Tu ne devrais pas l'accompagner ?

*22h31*

Nora rattrapa sans peine François qui marchait au ralenti.

– Viens t'asseoir un moment, dit-elle.

Ils trouvèrent deux chaises dans le long couloir, près de la sortie des cuisines. Nora se pencha vers lui pour voir si le sang continuait à couler.

– C'est parti pour un moment, expliqua François, la tête en arrière.

– Ça t'arrive souvent ?

– Seulement quand je suis contrarié ou énervé.

– Et là, c'est quoi ?

– Un peu des deux.

Il y eut un drôle de silence entre eux, elle droite et élégante dans sa robe noire moulante, lui incliné en arrière, la tête dissimulée sous une serviette de table, avec une traînée de sang sur sa chemise blanche.

– C'est ma faute, alors ? demanda Nora.

– Mais non, ce n'est pas ta faute.

– Je bosse sur cette soirée depuis je sais pas combien de temps, avec la pression de la vente aux enchères. On est obligés d'atteindre un certain montant, sinon ça ne rime à rien, tu comprends ?

– Oui, j'imagine.

– Le business de la charité, c'est pas des enfants de chœur.

– Te casse pas la tête, j'ai compris.

– Qu'est-ce que tu as compris ?

– Ce que tu penses de moi.

– Tu ne m'as pas demandé ce que je pensais de toi.

– Non, pas besoin.

– Ah non ?

– Non. Tu n'en penses pas grand-chose.

– …

– Mais ne t'inquiète pas, c'est normal. Tu n'es pas la première ni la dernière à me trouver totalement insipide.

– Qui est-ce qui a dit ça ?

– Personne en particulier, mais si les femmes pensaient l'inverse, elles ne se tireraient pas toutes.

Les assiettes pleines de volaille sèche commençaient à refluer vers les cuisines. Elle avait eu raison : personne n'avait aimé le plat. Quel gâchis…

– C'est quoi le problème des nanas ? dit François.

– Pardon ?

– On fait notre lessive, on fait le ménage, on fait les courses, on vous respecte, on est fidèles. Qu'est-ce qu'il faut de plus ?

– Attends, tu voudrais peut-être une médaille ?

– Non, mais un peu de reconnaissance, peut-être.

– Je crois que tu es en train de tout confondre. Ce n'est pas parce qu'une femme t'a quitté qu'elles sont toutes pareilles. Tant mieux si tu fais tout ça à la maison, mais à mon avis le problème n'a rien à voir avec l'aspirateur et le ménage.

– Vraiment ? Alors c'est quoi le problème ?

François se remit en position verticale en retirant la serviette de son visage. Il avait les yeux braqués sur Nora.

– Je ne sais pas, moi, ce que c'est, ton problème. Comment je pourrais le savoir ? dit-elle.

– Tu as l'air de savoir tout sur tout, tu dois bien avoir un avis sur la question.

– Le sang, attention…

Il appuya le tissu sur sa narine et s'inclina de nouveau.

– Déjà, je me pose une question, enchaîna Nora. Ton ex se tire avec un autre mec et tu ne fais rien pour la récupérer. Ça veut dire quoi ? Tu t'en fous ou alors tu ne l'aimais déjà plus ?

– C'est plus compliqué que ça.

– Je veux bien le croire, mais tu dois savoir ce que tu veux. Là, j'ai l'impression que tu aimerais bien rencontrer quelqu'un mais que tu n'as pas vraiment tiré un trait. Comment tu veux que ça se passe bien pour toi ?

– Tu te trompes, j'ai tiré un trait.

– Vraiment ?

– Oui, j'ai tiré un trait et je n'ai plus envie de la revoir.

– Vous avez parlé de tout ça et vous êtes absolument cools avec ce qui s’est passé ?

– …

– Alors ?

– …

– François, tu es mort ?

Il enleva de nouveau la serviette de son visage.

– Je ne suis pas mort.

– Tant mieux.

– On ne peut pas vraiment dire qu’on en a parlé.

– Pourquoi ?

– Disons qu’on n’a pas vraiment eu le temps de le faire. Et puis elle n’était pas très coopérative quand je suis allé la trouver dans son bled.

– Où ça ?

– Biberstein.

– Je connais pas.

– C’est exactement ce que je lui ai dit. Pourquoi tu es allée te planquer dans un trou pareil ?

– Qu’est-ce qu’elle a répondu ?

– Elle n’a pas vraiment eu le temps de répondre. Son mec m’a foutu à la porte.

– Tu vois, c’est ça le problème. Le sang attention… On dirait que tu tiens à elle mais que tu te laisses faire sans rien dire. T’as peur de te prendre un poing dans la gueule, ou quoi ?

– J’en sais rien…

– Il faut que tu sois au clair là-dessus.

Nora s’inclina vers lui et lui tapota la main.

– Tu es quand même un drôle de numéro, dit-elle.

– Mais non, je suis un gars normal. Plus ennuyeux que moi, tu meurs.

Ils échangèrent un sourire. Entre eux, l'atmosphère se détendait. Nora lui fit signe qu'un peu de sang coulait de sa narine. Il l'épongea.

Dans le couloir, le ballet des serveurs se poursuivait. Nora aperçut la jeune femme de tout à l'heure. A l'instant où son regard tomba sur François, elle s'arrêta net.

– Ça va ? dit-elle avec deux assiettes de poulet fermier à peine entamées dans les mains.

– Oui oui, fit François, un peu décontenancé.

– Est-ce que je peux t'aider ? poursuivit la serveuse.

– Ce n'est rien, merci mademoiselle, tout va bien.

Mais la femme n'avait pas l'air de vouloir s'éclipser. Elle tendit les assiettes à Nora et se pencha vers François.

– Ça saigne beaucoup, dit-elle, fascinée par le filet qui coulait de sa narine.

– C'est en train de s'arrêter, tout ira bien.

Elle s'approcha encore plus près de son nez et se mit à lécher le sang avec beaucoup d'application.

Nora eut envie de vomir – la femme, les yeux mi-clos, promenait sa langue sous le nez et sur les lèvres de François – et elle se leva d'un bond, posant les assiettes sur la chaise. L'une d'elle glissa et se retourna sur la moquette beige du couloir.

– Attends, Nora, ce n'est pas ce que tu crois, dit François en repoussant la serveuse.

– Je ne veux plus jamais te revoir.

– Non, ne dis pas ça. Je peux tout expliquer...

– Et moi je ne veux rien savoir. Tu es misérable, ta vie est misérable et tu vas rester misérable. Jusqu'à la fin.

– Nora...

Elle lui tourna les talons et repartit en direction de la grande salle. Derrière elle, elle entendit François adresser quelques mots à la femme sur un ton dépité. Mais déjà sa voix se mêlait au brouhaha ambiant.

*22h50*

Nora se planta devant le miroir des toilettes. Son visage ne trahissait aucune des émotions qui la traversaient. Comment faisait-elle pour garder une face aussi imperturbable quand tout s'écroulait autour d'elle ? On l'avait souvent traitée de femme dure, parfois même comparée à Margaret Thatcher, et, jusqu'à ce soir, elle s'en était vantée. Pleurnicher et se réfugier derrière une sensiblerie ridicule, non merci. Elle ressentait toutefois comme une profonde injustice le fait de ne pas lire sur ses traits l'exaspération, non, l'immense colère, qu'elle ressentait. Elle aurait aimé être plus expressive, moins pète-sec, plus spontanée aussi. En même temps, si la colère qui bouillonnait en elle s'était affichée sur son visage en cet instant précis, elle aurait fait fuir tout le monde. François s'était bien foutu de sa gueule avec son discours larmoyant. Personne ne m'aime, les femmes ne veulent pas de moi. Et puis quoi encore ! Ce gars était pire que Franz, il avançait masqué, sous des airs de bon type à qui n'importe quelle mère aurait confié sa fille les yeux fermés. Dégoûtant.

Elle se passa les mains sous l'eau fraîche et tamponna sa nuque avec ses doigts. On s'en fout, la soirée continue, pensa-t-elle. Elle n'avait jamais craqué sous la pression, ça ne se passerait pas aujourd'hui. Requinquée, elle sortit des toilettes et tomba sur Franz qui venait de chez les hommes.

– Salut, dit-il avec un sourire.

– Ton pote, c'est vraiment une merde, répondit-elle.

– Houla ! qu'est-ce qui s'est passé ?

– Quand tu le revois, dis-lui que si j'ai changé de table, c'est à cause de lui.

– Carrément.

– Et encore un truc…

– Tu veux pas retourner dans la salle ?

– Hein ?

Franz semblait soudain un peu nerveux.

– Oui, je crois que ça va être l'heure du dessert, dit-il en se mettant à marcher.

– Ce n'est pas toi qui vas m'apprendre le programme. Cette soirée, c'est moi qui l'ai planifiée de A à Z.

– Et je te dis bravo. Tu as fait de l'excellent boulot.

Nora s'arrêta et le considéra avec méfiance.

– Tu ne serais pas en train de te foutre de ma gueule ?

– Arrête, bien sûr que non. Pourquoi tu dis ça ?

– En fait, tu es pressé de me ramener dans la salle parce que c'est ton pote qui t'a demandé de le faire.

– Mais non…

– Il t'a dit, Franz, s'il te plaît, va la supplier de revenir, il faut que je lui présente mes excuses.

– Et pourquoi il voudrait te présenter ses excuses ? Il n'a rien fait, comme d'habitude. Bon, on y va ?

A l'instant où Nora allait le suivre, elle entendit la porte des toilettes des hommes s'ouvrir. Elle se retourna et vit Florbela. Elle avait sa barrette de travers et les cheveux ébouriffés et elle était en train d'arranger sa robe. Son pas se figea.

– Nora…

Le regard de Nora passa de Florbela à Franz, puis de Franz à Florbela. Ils sont allés baiser aux chiottes, pensa-t-elle. Dans sa tête, c'était la consternation générale.

– On n'a pas fait grand-chose, se justifia Franz.

– Toi, ta gueule.

– Nora, s'il te plaît. Pourquoi tu as l'air si tendue ? demanda Florbela.

– Mais je ne suis pas tendue, je vais très bien. C'est vous tous qui êtes en train de péter les plombs. C'est quoi, ce bordel ?

– On s'est juste un peu amusés, assura son amie.

– Avec ce mec ?

– Je t'ai dit, je le trouve sympa.

Nora était tellement furieuse qu'elle n'arrivait plus à s'énerver.

– Tu vas faire quoi ? dit-elle à Franz.

– ...

– Maintenant que tu l'as baisée, tu vas la jeter comme les autres ?

– Pourquoi tu dis ça ?

– Il faut quand même que je te dise, dit Nora à son amie. Tout à l'heure à table, il se vantait d'avoir baisé une collègue.

– Je sais, il m'a raconté l'histoire.

Nora en resta abasourdie.

– Je t'ai dit, on n'a même pas le droit de s'approcher l'un de l'autre, glissa Franz.

– Là, je ne sais plus quoi dire, souffla Nora.

– Tout est O.K., je te promets, tenta de la rassurer Florbela.

– Et vous trouvez normal de baiser dans les toilettes d'un palace ?

Florbela et Franz se rapprochèrent l'un de l'autre, elle un peu mal à l'aise, lui droit dans ses bottes.

– Tu voulais qu'on aille où ?

Florbela s'approcha de Nora.

– Il ne m'a pas forcée, lui dit-elle.

– J'espère bien qu'il ne t'a pas forcée !

– Ne t'inquiète pas pour moi. S'il te plaît.

Nora inspira profondément pour essayer d'endiguer la colère qui pulsait toujours en elle. Discuter plus longtemps avec ces animaux ne servirait à rien, mieux valait encore les laisser faire l'amour dans les toilettes, les couloirs et, pourquoi pas, sur la scène, couchés sur le piano, avec les projecteurs braqués sur eux.

– Tu me dégoûtes, toi aussi, dit-elle à Florbela.

Dans la salle, elle se mit à serpenter au milieu des tables, s'éloignant instinctivement de la quatre où François était allé se rasseoir et où Michel tenait toujours le crachoir.

– Nora, enfin. Venez vous asseoir, lança Ducommun en désignant la place libre à ses côtés.

– Mais je vais voler le siège de quelqu'un...

– Ce quelqu'un n'avait qu'à ne pas fumer, asseyez-vous.

Nora se retrouva à côté du commissaire-priseur, face à Elena et au directeur, et non loin aussi de Tatiana. Les sourires et les compliments qu'ils lui adressèrent apaisèrent un instant son trouble.

– Nous étions justement en train d'évoquer la possibilité de faire démarrer la vente, poursuivit Ducommun.

– C'est pour éviter que les gens ne se dispersent, compléta le directeur. Si on attend le dessert, il y a le risque qu'ils filent à l'anglaise.

Nora se tut quelques instants pour donner l'impression qu'elle réfléchissait sérieusement à cette option, puis elle leur dit qu'elle la trouvait excellente.

*23h07*

Le commissaire-priseur monta sur scène quand les dernières notes de « These Foolish Things (Remind Me of You) » résonnèrent. On installa pour lui un petit pupitre et il tapota sur le micro pour s'assurer qu'il fonctionnait. Nora, elle, guettait le fond de la salle, où François avait tourné sa chaise pour être face au spectacle. Non loin de lui, Florbela et Franz venaient de s'installer les deux à la cinq, là où les autres convives s'étaient coincés pour l'accueillir. Au-delà du dégoût que lui inspirait ce rapprochement, Nora anticipait la prochaine catastrophe : Florbela, subjuguée par ce porc, ne renchérirait pas et la bague partirait à un prix dérisoire.

– Très chers amis, lança Ducommun. Voici donc venu le moment tant attendu, celui où vous aurez la grande chance de montrer à votre voisin que vous n'êtes pas ce pingre qu'il vous suspecte d'être…

Il y eut quelques rires, des applaudissements. La présidente le rejoignit derrière son pupitre. Elle expliqua les projets de son association – la construction d'un orphelinat au Vietnam qui jouxterait un dispensaire et une école primaire – et, les mains sur le cœur, elle remercia toutes les personnes impliquées dans l'organisation de la soirée.

Les premiers lots furent anecdotiques. Des vols Swissair, des séjours hôteliers, des repas gastronomiques et quelques caisses de vins. Les mains se levaient volontiers, avec parfois un emballement incompréhensible pour des lots a priori anodins – le séjour de trois nuits à Istanbul, d'une valeur de neuf cents francs, s'était arraché à six mille cinq cents francs –, ce qui laissait présager un final étourdissant. Nora s'en réjouit, car elle comprit vite qu'il ne fallait plus rien attendre de Florbela. Son amie roucoulait avec Franz, ils étaient collés l'un à l'autre, riant et parlant comme s'ils étaient seuls à une table des Bains des Pâquis. Elle n'était pas la seule à scruter leur manège ; François leur jetait aussi des regards mauvais.

Sur scène, Ducommun assurait le spectacle. Il bondissait derrière son micro et agitait son marteau pour désigner la table où se levait une main ou encourager l'audience à y mettre plus de cœur.

– Mes très chers amis, dit-il après la vente des petits lots. Maintenant il est l'heure de préparer vos liasses, de sortir vos cartes et d'être prêt à lever la main !

Tatiana applaudit en lançant un « bravo Pierre » tonitruant, imitée par plusieurs convives.

– Et je rappelle à nos amis français, parce que je sais qu'il y en a dans la salle, que nous n'acceptons pas les chèques, poursuivit Ducommun. Les chèques, vous savez, ce bout de papier contre lequel on vous remet à peu près n'importe quoi sur tout le territoire de la Grande Nation. Je le précise à l'attention de nos amis suisses, bien sûr !

Il y eut quelques rires mêlés à des récriminations bon enfant. Une hôtesse apporta une montre dont le volumineux cadran scintillait.

– Je ne vais pas vous faire l'affront de citer la marque de la manufacture horlogère qui a conçu ce petit bijou de précision. Son directeur est dans la salle, oui oui Jean-Claude, tu peux te lever. C'est grâce à toi que nous pouvons vous proposer ce lot au prix de départ de onze mille cinq cents francs. Onze mille cinq cents francs, mesdames et messieurs. A vous de jouer !

Les enchères allèrent d'abord vite, puis se calmèrent d'un coup.

– Quatorze mille une fois, voyons chers amis, nous n'allons quand même pas nous arrêter aussi vite, quatorze mille deux fois, attention, c'est le dernier moment pour lever la main, regardez-moi cette montre, qui n'a pas envie de la porter dès ce soir ?

L'objet brillait sous les projecteurs. Nora balaya la salle des yeux et fut rassurée quand elle vit un homme en smoking lever la main.

– Quatorze mille cinq cents, bravo monsieur ! s'exclama Ducommun.

Aussitôt, une autre main se leva, celle de la femme qui tenait jusqu'alors l'enchère.

– Quinze mille, formidable. Un grand merci, madame, pour votre générosité !

Ducommun adjugea la montre dans la foulée. Nora eut l'impression que c'était une bonne affaire, mais la moue de Tatiana et la grimace du directeur lui firent comprendre qu'ils s'attendaient à plus. Son pire cauchemar devenait réalité et il n'y avait aucune raison pour qu'il ne se prolonge pas avec le dernier lot.

– Je vous demanderais d'applaudir une nouvelle fois notre généreuse donatrice, dit Ducommun. Madame, un grand merci. Une collaboratrice de l'hôtel va tout de suite vous remettre votre lot, que vous paierez par la même occasion, car il y a urgence, vous le savez. Dès la semaine prochaine, les travaux de construction vont débuter près de Kon Tum, alors nous avons besoin de l'argent tout de suite.

La femme, une sexagénaire en tailleur Chanel, lui adressa un grand sourire tandis qu'elle se levait pour suivre le boîtier.

– Et pas de chèque, je vous le rappelle !

*23h23*

Ducommun brandit la photo d'un bijou sur un support cartonné.

– Voici la pièce de résistance. Elle est si belle qu'elle est actuellement gardée en lieu sûr, mais je vais vous la décrire. Il s'agit d'une bague en or gris 18 carat et platine, ornée d'un diamant vert rectangulaire à pans coupés d'environ 16 carats, dans un entourage de diamants blancs taille brillant. Le poids total des diamants blancs, mesdames et messieurs, et de 3,96 carats environ, et le poids brut est de 16,20 grammes. Une pièce unique proposée au prix de douze mille cinq cents francs.

Pendant quelques secondes qui semblèrent à Nora une éternité, personne ne leva la main. On va droit dans le mur, pensa-t-elle, résignée.

– Chers amis, vous êtes sans doute en train de somnoler après ce succulent repas, alors permettez-moi de vous sortir en douceur de votre léthargie. La vente aux enchères se déroule en ce moment et nous en sommes à la dernière pièce. Allez-y, ne soyez pas timides.

La main d'une quadragénaire se leva à la table du tailleur Chanel.

– Voilà qui est mieux. Treize mille pour vous, madame, dont je salue l'élégance.

Quelqu'un d'autre se manifesta, un homme tiré à quatre épingles dont la pochette était assortie à sa cravate bleu ciel.

– Treize mille cinq cents, cette fois, c'est parti !

Sauf que le début de tension retomba aussitôt. Nora évita le regard de Tatiana et celui du directeur dont elle imaginait très bien la mine sidérée. Le silence se prolongea de façon insupportable.

– Quatorze mille ! Je vois que nous avons un philanthrope à la table du fond. Qu'il en soit remercié.

Nora releva la tête. La main était déjà redescendue, mais, à voir l'attention dont bénéficiait soudain François, et l'air amusé avec lequel Franz l'observait, elle comprit qu'on parlait de lui.

La vente s'emballa alors. Les deux premières personnes à avoir renchéri semblaient tenir à cette bague et leur duel était à chaque fois parasité par François.

– Dix-sept mille cinq cents une fois... Non, dix-huit mille !

C'était de nouveau François qui tendait l'index. En face de lui, Michel s'extasiait, tandis que Franz et Florbela l'applaudissaient à tout rompre. Nora, elle, voyait le sourire ravi de Tatiana et du directeur ; elle percevait aussi le frisson qui traversait la salle à mesure que cet affrontement digne d'un match entre Connors et McEnroe tenait en haleine tous les convives. François offrait un second souffle à cette vente aux enchères. Elle ne l'aurait pas admis, mais elle aurait été prête à cet instant-là à tout lui pardonner, y compris la scène répugnante à laquelle elle avait été contrainte d'assister.

– Dix-huit mille cinq cents pour vous madame.

La cravate bleu ciel leva la main.

– Dix-neuf mille ici !

François, imperturbable sur sa chaise et insensible à tous les commentaires de ses voisins, leva la main.

– Dix-neuf mille cinq cents, dites donc, ce jeune homme a des ressources insoupçonnées, s'extasia Ducommun.

Le match se poursuivit encore quelques instants, la balle rebondissant d'un coin à l'autre, avec le commissaire-priseur en guise d'arbitre de chaise qui annonçait le score à son micro d'une voix de plus en plus fébrile, comme s'il revivait en la commentant la finale de cette année à Wimbledon, au cours de laquelle Pete Sampras avait égalé le record de William Renshaw avec sept trophées sur le gazon londonien.

Quand la mise dépassa le cap des vingt et un mille francs, une somme considérable, Nora entendit dans sa tête une sirène d'alarme. Le bruit avait démarré comme un murmure en arrière-plan de ses pensées, mais il avait vite enflé. Quelque chose clochait dans la tournure que prenait la vente. Une menace planait, mais Nora était incapable de l'identifier.

François, assis droit sur sa chaise, se manifesta une nouvelle fois.

– Vingt et un mille cinq cents, c'est formidable. Allez, chers amis, vous n'allez quand même pas me dire que nous allons nous arrêter en si bon chemin.

Il est en train de saborder ma vente, pensa Nora. D'un coup, la brume dans son esprit se leva. La sirène, c'était pour l'avertir d'un naufrage imminent. Elle l'avait traité de mec misérable et il voulait lui prouver l'inverse, ou lui foutre la honte. La mentalité d'un gosse de huit ans, lamentable.

Profitant que la cravate bleu ciel enchérissait, Nora appela Florbela sur son portable. La sonnerie retentit à l'autre bout de la salle.

– Je vois qu'on nous appelle même de Tokyo, plaisanta Ducommun. Dépêchez-vous !

Nora vit son amie fouiller les poches de son sac puis sortir précipitamment de la salle.

– Oui, allô ? dit-elle.

– Florbela, tu dois lui dire d'arrêter tout de suite, chuchota Nora, la main devant sa bouche pour ne pas alerter ses voisins de table.

– Mais de quoi tu parles ?

– François, l'ami de ton mec. Il faut qu'il arrête de lever la main.

– Vingt-trois mille pour ce jeune homme fantastique que j'adore ! hurlait Ducommun.

– Mais qu'est-ce que tu veux que je fasse ?

– Dis-lui d'arrêter. Maintenant.

*23h31*

– Mesdames et messieurs, je vous rappelle que nous sommes partis de douze mille cinq cents et que nous avons atteint vingt-trois mille francs, commentait le commissaire-priseur. Si vous faites encore un petit effort, nous allons bientôt doubler la mise de départ. Ce serait formidable que nous y parvenions, mais je souhaiterais d'ores et déjà tirer un grand coup de chapeau à nos trois acheteurs potentiels. Cette belle bague dont on m'a fait parvenir hier quelques clichés reviendra à l'un ou l'une d'entre vous. Je ne sais pas ce que vous en ferez, mais quand vous la sortirez de son écrin, je peux vous assurer que vous serez fier. Fier d'avoir soutenu une cause noble, de contribuer à l'éducation d'enfants dans le besoin. Vous le serez d'autant plus que vous contredirez toutes celles et tous ceux qui disent que les gens sont égoïstes, que l'argent c'est mal et que chacun ne pense qu'à soi. Vous avez de l'argent et vous vous en servez pour faire le bien. Je dis bravo !

Pendant ce long discours, Nora vit Florbela revenir dans la salle avec le téléphone. Elle s'approcha de Franz, à qui elle dit quelques mots à l'oreille, et qui sembla ne rien comprendre à ce qu'elle voulait. C'est alors qu'elle lui désigna François du doigt et qu'elle lui donna son téléphone. Franz haussa les épaules puis alla jusqu'à son ami pour lui tendre l'appareil, avant de repartir vers Florbela. Putain, c'est pas ce que j'ai dit, pensa Nora, perturbée par tous les applaudissements déclenchés par le speech de Ducommun.

– Allô ? dit François.

– François, c'est Nora. Arrête tout de suite ça.

– Quoi ?

– Tu veux me faire chier, d'accord, tu trouves que je suis conne, pas de problème. Mais arrête tout de suite ton cirque.

Ducommun fit un signe à l'assistance de se calmer.

– Ce n'est pas moi qu'il faut applaudir, mais ces trois personnes-là. Levez-vous, s'il vous plaît.

La cravate se leva, l'élégante quadragénaire l'imita.

– Tu te lèves et tu fais signe que tu arrêtes, murmura Nora à François.

François se redressa à son tour, le téléphone collé à l'oreille, et l'air gêné de celui qui débarque en costume de cosmonaute à un cocktail huppé qu'on lui avait présenté comme une soirée à thème.

– Tu sais que je fais ça pour t'aider, dit François en desserrant à peine la mâchoire.

– Ah oui ?

– Regarde à combien s'est vendue la montre. *Peanuts*.

– J'apprécie, mais il faut savoir s'arrêter.

– Tu crois que c'est trop tard ?

– Non, ça devrait aller.

Derrière son pupitre, Ducommun prenait l'assistance à témoin.

– Voici les trois héros de la soirée. Traitez-les avec respect, ils méritent toute votre considération.

*23h34*

Pendant que les gens applaudissaient, François se tenait droit comme un piquet, le téléphone toujours à l'oreille.

– Je vous rappelle où nous en étions restés, poursuivit Ducommun. La dernière mise est à vingt-trois mille francs et c'est notre ami du fond qui la tient. Madame, monsieur, souhaitez-vous renchérir ?

*23h35*

Survint alors un événement impensable. La cravate bleu ciel, debout à sa table, se tourna vers François et tapa lentement dans ses mains, à la manière d'un applaudissement censé en appeler d'autres. La femme élégante l'imita et bientôt tous les convives se levèrent pour saluer François. Nora crut défaillir, mais ce n'était rien par rapport à François qui paraissait vaciller sur sa base. Il lâcha le téléphone qui se désintégra sur la moquette, la batterie rebondissant jusqu'aux pieds de Franz et Florbela.

– Vingt-trois mille une fois, vingt-trois mille deux fois et vingt-trois mille trois fois. Adjugé ! hurla Ducommun au milieu de la foule en délire.

*00h07*

A la réception, le commissaire-priseur était aux côtés de François qui tendait sa carte de crédit à l'employée. Nora les rejoignit avec Tatiana et le directeur.

– Vous avez fait une très belle acquisition, monsieur, dit Ducommun.

– Monsieur, venez que je vous embrasse, lâcha Tatiana, très émue.

– Francis, un grand coup de chapeau, renchérit le directeur.

– François…

– Oui, François, bien sûr. Je suis vraiment très heureux que tu aies pu participer à cette belle soirée. Tout s'est bien passé ?

François échangea un regard fugace avec Nora.

– Tout s'est très bien passé, oui.

– La volaille était un peu sèche, mais qui s'en soucie ? dit Tatiana pour taquiner le directeur.

– Soyez certaine, chère Tatiana, que le chef aura de mes nouvelles.

Nora imagina une scène cocasse : le directeur entrait dans les cuisines pour tancer son chef en présence de toute sa brigade, Tim, ton poulet était sec, immangeable, lui disait-il en haussant le ton, avant d'être embroché la seconde d'après. Personne ne disait à Tim comment cuisiner, Nora l'avait bien compris.

– Votre code, s'il vous plaît, dit la réceptionniste à François.

Il se tourna vers la machine, et, instinctivement, les autres se détournèrent.

– Savez-vous déjà à qui vous allez offrir cette bague ? demanda Ducommun.

– J'ai peut-être une idée, répondit François en appuyant sur les chiffres puis en validant le code.

– Cette personne a énormément de chances de vous connaître, dit Tatiana.

François rendit l'appareil à l'employée et fixa Nora. Elle fit tout son possible pour rester impassible. Son attitude austère et sa face figée n'échappèrent pas à la présidente.

– Je vois que certaines sont jalouses, dit-elle en désignant Nora.

Nora choisit de ne pas répliquer.

– Monsieur, excusez-moi, dit la réceptionniste.

François se tourna vers elle.

– Il y a un problème avec votre carte.

– Bizarre.

Tout de suite, le directeur s'avança vers le comptoir.

– Ça ne m'étonne pas, intervint-il. Cet après-midi déjà, nous avons eu des soucis de connexion. Laissez-moi essayer.

Il s'empara de la carte et de la machine et renouvela l'opération. François entra de nouveau son code. Quelques secondes plus tard, la machine bipa et le directeur tiqua.

– Il semblerait que votre carte ne passe pas, dit-il à François.

– Vraiment ? C'est étrange.

La bienveillance de Tatiana se transforma d'un coup en mépris.

– Voulez-vous que j'essaie de nouveau, monsieur ? demanda la réceptionniste.

– J'ai une autre carte, dit François sur le bout des lèvres.

Il commença à fouiller son portefeuille. Franz et Florbela, blottis l'un contre l'autre, observaient la scène à distance. Ils sont pile à l'heure pour le dernier acte de la tragédie, songea Nora.

*1h23*

En fin de soirée, elle rentra chez son père. Il l'avait attendue en somnolant devant la télé et il lui demanda si tout s'était bien passé. Elle se contenta d'acquiescer parce qu'elle n'avait pas l'énergie de lui narrer la longue descente aux enfers qu'avait été cet événement maudit.

Juste avant de se brosser les dents, elle alla embrasser Jonathan qui s'était endormi vers vingt et une heure. Il était allongé sur le flanc droit et il respirait calmement, son doudou collé contre lui. A cet instant précis, elle repensa à la tête que François avait faite au moment où il avait compris qu'elle l'avait fait venir chez elle, à Zurich, pour garder son fils. Le pincement de sa bouche, son air affolé, tout cela avait trahi une grande consternation. Bien fait pour sa gueule.

# Quatrième partie

# 1

Franz laissait glisser son index le long d'une interminable liste de chiffres qui couvraient plusieurs pages. Dès le début de l'opération, il avait privilégié le calcul mental. Finie la dictature des calculettes de poche ; dépassé aussi le logiciel Excel qui nécessitait l'écriture laborieuse de formules. Son arme secrète, c'était son cerveau, cette machine qui n'avait besoin ni de piles ni d'être branchée sur le secteur pour fonctionner. Pourquoi se priver d'une telle mécanique de précision toujours disponible et opérationnelle ? Pourquoi ne pas entretenir ses facultés mentales par le biais de tâches a priori assommantes ? C'était tout l'art d'utiliser la contrainte pour progresser plutôt que de se morfondre. Rien ne lui était désormais plus impossible.

Une fois le calcul terminé, il nota au crayon le résultat de son addition au bas de la dernière feuille. Il irait déposer le dossier chez Sven tout à l'heure, mais d'abord la pause.

A la cuisine, il se tira un café et savoura la quiétude de la pièce. L'endroit était toujours aussi impersonnel avec son évier minuscule encombré de tasses sales et sa table ronde sur laquelle traînaient la presse de la semaine et quelques revues spécialisées, mais Franz voyait désormais la paix et l'harmonie partout où il se trouvait. Sans être un adepte de la méditation, qu'il avait pratiquée une fois mais dont l'effet avait surtout été de le faire ronfler après trois respirations conscientes, il supputait que le calme auquel il était si sensible venait de l'intérieur. La belle affaire ! Voilà qu'il virait New Age... Une fille croisée dans un bar un soir lui avait soutenu que l'ère du Verseau allait remodeler la planète. Les valeurs de l'ancien monde sont révolues, avait-elle annoncé avec des étincelles dans les yeux. Franz avait pensé que c'était une belle connerie, et, même s'il sentait que l'énergie coulait de nouveau dans ses veines, il était toujours du même avis : l'ère du Verseau, une arnaque, potentiellement plus énorme encore que celle du bug de l'an 2000.

Samuel entra dans la pièce. Franz l'observa discrètement pendant qu'il se tirait un interminable jus brunâtre. Puis il ouvrit le *Swiss Dental Journal* au hasard et tomba sur un article d'un certain Frank A. Scannapieco, chercheur au département de biologie buccale de l'Université de Buffalo. En temps normal, il n'aurait pas perdu une seconde à lire l'étude de cet illustre inconnu, mais la présence de Samuel changeait tout. Il était question de l'implication possible des maladies buccodentaires dans la pathogenèse de plusieurs maladies systémiques importantes. Parmi elles figuraient la pneumonie et la maladie pulmonaire obstructive chronique, dont le développement semblait être favorisé dans de nombreux cas par des infections buccales.

A mesure que Samuel touillait son café, Franz sentait bien qu'il avait les yeux braqués sur lui. Tu te demandes jusqu'à quand je vais faire semblant de lire ce machin, hein ? La manière qu'il avait d'ignorer depuis quelques jours tous ceux qu'il considérait comme ses ennemis avait eu pour effet de les déstabiliser. Personne ne l'avait jamais vu aussi concentré sur sa tâche, évitant de gaspiller la moindre seconde pour répondre aux provocations de Roger et sa clique. C'est pourquoi il continua de feuilleter la revue. Plus loin, Raffaele Malinverni de l'hôpital des Cadolles, à Neuchâtel, parlait des manifestations buccales du VIH.

– Salut, dit une voix de femme.

Franz redressa la tête. Malheureusement pour lui, Samuel vit son regard appuyé sur Manon. Il s'énerva instantanément contre lui. Putain !

Manon et Samuel se lancèrent dans l'un de ces échanges typiques entre collègues qui ressemblent moins à une conversation qu'à un suicide intellectuel librement consenti par peur du silence.

– Tu as passé un bon week-end ? demanda Samuel en bon allemand.

– Excellent, oui. Je suis allée au bord du lac, répondit Manon avec son petit accent.

– Super. Il faisait beau, *gell* ?

– J'ai eu très chaud, c'était bien. Et toi ?

– J'ai fait voler mon Beechcraft 18 pour la première fois.

– C'est quoi ça ?

– Je fais partie d'un groupe de modèle réduit.

– O.K.

– On se retrouve souvent pour tester nos machines.

– Et alors, ça a marché ?

– Oui.

– Bravo, c'est bien.

– Merci.

Franz se retenait de pouffer. Il imaginait Samuel au milieu d'un champ en train de regarder voler l'avion Joujoux Chips qu'il avait bricolé tout l'hiver. Est-ce que le truc avait fait des loopings ? Peut-être, mais cela n'enlevait rien au caractère profondément régressif de cette passion pour le modélisme, qu'il considérait comme une façon originale de jouer avec sa quéquette sans prendre le risque de choquer ses parents.

– Tu vas participer tout à l'heure à la séance ? demanda Samuel.

– Oui, je serai là.

– Alors à tout à l'heure.

Même s'il était toujours penché sur le *Swiss Dental Journal*, Franz savait que Samuel était en train de courir vers Roger pour lui dire que « les deux amants terribles », le surnom débile qu'il leur avait donné, étaient réunis à la cuisine. Il fallait donc agir avec prudence et surtout ne pas dévier de la ligne qu'il s'était fixée.

Manon lui tournait ostensiblement le dos. De l'extérieur, on aurait dit qu'ils se faisaient la gueule pour de bon.

– On se refait une bouffe un de ces quatre ? lança-t-elle en français à mi-voix.

Il tourna la page de son journal et tomba sur un article expliquant la relation réciproque entre les maladies parodontales et le diabète sucré.

– Ouais, pourquoi pas...

– T'as envie de quoi ?

– J'ai envie de plein de choses.

– J'imagine, mais tu dois bien avoir une préférence.

– La dernière fois, c'était quoi ?

– Tu vas pas me dire que tu ne t'en rappelles pas ?

– Ce qu'on a mangé, pas vraiment. Le reste, oui.

Elle posa sa tasse au fond de l'évier et sortit un verre.

– Je te propose indien, dit-elle en ouvrant le robinet.

– C'est pas un peu épicé ?

– C'est pas un peu de piment qui va te faire peur ?

– A toi de voir…

Elle passa son index sous l'eau.

– Je vais réfléchir, lâcha-t-elle en remplissant son verre.

Ils restèrent encore quelques instants figés dans leur posture respective, elle debout près de la machine, lui prostré sur sa revue comme s'il préparait un examen en faculté de médecine.

– C'est qui qui sort en premier ? demanda-t-il.

– Ben je sais pas. Toi ? Tu es arrivé le premier.

– Mais si je te passe devant, je serai obligé de te regarder.

– Et alors ?

– Tu sais qu'on est observés ?

– Sans blague…

Franz remit le journal sur la pile des publications spécialisées.

– Tu sais qu'ils vont nous emmerder, dit Franz.

– O.K., j'ai compris. Tu n'assumes pas.

– Faut pas oublier. Ce n'est pas moi qui nous ai mis dans cette situation…

– Pas besoin d'en rajouter, je m'en vais.

De retour dans son bureau, Franz se prépara pour la séance. Il avait terminé quand il aperçut une fourre en plastique sur sa commode métallique aux pieds chromés. Il était parvenu à l'occulter ces derniers jours, mais il allait devoir s'en occuper.

Il relut le document en vitesse. Sa protection juridique, à qui il en avait envoyé une copie, lui avait dit qu'il s'agissait d'un curieux machin. En gros, il était dit qu'en raison de divers problèmes survenus récemment entre Franz Meyer et Manon Bernard, la direction – Sven, en fait – proposait au premier une nouvelle répartition des tâches au sein du département Ventes & Marketing. A compter du moment où l'accord serait signé, Franz Meyer partagerait dans un premier temps la responsabilité du marché français avec Manon Bernard, et, au terme d'une période de transition de six mois, il le lui remettrait de manière officielle. Par ailleurs, si Franz Meyer conservait ses prérogatives sur ses autres marchés (Royaume-Uni et Benelux), il était spécifié qu'il pourrait le cas échéant être épaulé par Manon Bernard.

– On dirait qu'ils cherchent à t'entuber, avait résumé son assureur, un ancien copain de classe. Ce document aurait dû être accompagné d'une nouvelle proposition de contrat.

– Mais qu'est-ce qui se passera si je ne signe pas ?

– Je ne sais pas trop, il faudrait que je me renseigne auprès d'une collègue. Honnêtement, je n'ai jamais vu un truc pareil.

– Alors je peux les attaquer ?

– Ça dépend. Il faudrait déjà que tu me dises de quoi ils parlent quand ils évoquent « divers problèmes ». Qu'est-ce qui s'est passé ?

Franz avait déjà eu l'occasion de repenser mille fois à ces *divers problèmes*. Il balançait sans cesse entre deux sentiments : d'un côté, il se disait que

Manon était une brillante intrigante ; de l'autre, il se demandait s'il n'y était quand même pas allé un peu fort avec elle. Mais pourquoi alors lui avait-elle proposé de sortir dès qu'il était revenu de son arrêt maladie ? Certes, leur tête à tête dans un lieu public, c'était pour aplanir leurs différends, mais on savait comment l'affaire s'était conclue. Et ce n'est pas lui qui avait commencé !

Franz relut une dernière fois le papier. Il vit les signatures de Sven et de Manon, ainsi que la place laissée libre pour la sienne. Il n'avait plus qu'à prendre sa décision.

– Si je vous ai tous réunis, c'est pour tirer un bilan intermédiaire du premier semestre, dit Sven, debout au bout de la table de conférence.

Franz était assis à l'opposé, loin de Manon qu'il ne pouvait même pas voir vu qu'elle était du même côté que lui. Il avait devant lui un bloc-note sur lequel il avait consigné les chiffres clés de ses marchés. Depuis qu'il avait retrouvé un peu de vigueur intellectuelle, il avait renoué avec cette vieille habitude consistant à se présenter à un rendez-vous avec un peu de munitions.

Sven débuta par le rapport financier. La satisfaction était de mise, mais il restait quelques points à améliorer. Surtout en raison des investissements qui seraient consentis l'automne prochain dans la chaîne de production – une ligne serait ajoutée et deux autres modernisées –, et dont la finalité était de doubler les ventes en trois à cinq ans.

Devant lui, Franz vit l'écran de son Nokia en mode silence s'allumer – il venait de recevoir un message. Il appuya sur le bouton « lire » et fut sidéré quand il réalisa que le SMS venait de Manon. « J'ai pas de culotte », avait-elle écrit en français.

Faisant mine de relire ses notes, il lorgna l'extrémité de la table à la recherche de Manon. Mais elle était planquée derrière la silhouette de plusieurs collègues, impossible de voir sa tête. Un nouveau message apparut : « Dommage que tu ne sois pas en face de moi. » Il retourna son portable sur la table et le reste de la séance s'apparenta à un supplice.

Sans savoir trop comment, il réussit à rectifier avec tact et autorité certains chiffres relatifs au marché britannique. Il fut professionnel sur toute la ligne, y compris lorsque Roger osa une question au sujet du marché français – « c'est qui aux commandes, en fait ? » – et que Sven invita publiquement Franz à passer dans son bureau pour régler cette question une bonne fois pour toutes. Pas de problème, Sven, dit-il d'une voix neutre.

Au moment de sortir de la salle de réunion, Franz vit enfin Manon. Son visage était fermé, jamais personne n'aurait dit qu'elle l'avait allumé pendant que Sven parlait chiffres et lignes de production.

– Tu viens, Franz ? dit Sven tout en rassemblant ses papiers.

Ils se retirèrent dans son bureau.

– Tu l'as signé, ce machin, alors ?

Franz sortit la feuille de son bloc-note.

– Tiens.

– Tu n'as pas signé ?

– Ma protection juridique me dit que c'est un drôle de papier.

– …

– Ils sont étonnés que je n'aie pas reçu de nouveau contrat.

Sven posa le document devant lui et le considéra de manière solennelle.

– Tu joues à quoi ? dit-il.

– Bah, tu m'avais dit de consulter ma protection juridique, alors j'ai consulté ma protection juridique.

– Je ne sais pas si tu te rends compte qu'on a rédigé ce truc à la va-vite pour sauver ta peau. C'est le patron qui tenait à ce qu'on te garde. En temps normal, je peux t'assurer que tu aurais déjà giclé.

– Pourquoi ?

– Le harcèlement sexuel, ça te dit quelque chose ?

– Je n'ai pas été très élégant, c'est vrai.

– Tu parles d'un nouveau contrat, hein ? On peut le faire, si tu veux. Ce sera l'occasion de revoir peut-être tes conditions salariales.

Franz se tenait droit sur le bord de la chaise, les muscles contractés pour gainer sa ceinture abdominale, comme son médecin le lui avait conseillé, et il sentait qu'il était temps de sortir son argument-choc.

– On n'aura pas besoin de toute cette paperasse, dit-il en cherchant à ne pas montrer qu'il jubilait intérieurement.

– Ah non ?

– Manon et moi, je crois qu'on a réglé nos problèmes.

– Tiens donc…

– On en a parlé autour d'un repas et on était les deux d'accord pour dire que la comédie a assez duré.

– O.K.

– Donc, à mon avis, tu peux déchirer cette feuille et enterrer toute l'affaire.

Sven l'observait avec un petit air qui déplaisait à Franz. Est-ce qu'il n'avait pas l'amorce d'un sourire au coin des lèvres ?

– Tu es donc en train de me dire qu'entre Manon et toi, tout est réglé.

– Oui.

– C'est marrant, parce que ce n'est pas du tout ce qu'elle m'a raconté hier.

– Demande-lui, tu verras.

Sven décrocha son téléphone et composa un numéro interne.

– Manon, tu pourrais venir une seconde, s'il te plaît ? dit-il en français.

Quelques instants plus tard, la jeune femme entra dans le bureau.

– Tout est réglé entre vous, alors ? demanda Sven.

– Non, pourquoi ?

– Franz me dit que l'arrangement n'est plus utile parce que vous vous êtes mis d'accord.

– Non.

– C'est bien ce qui me semblait, dit Sven. Tu peux t'en aller, merci.

Franz dut s'accrocher à sa chaise pour ne pas se manger la moquette. Pendant que son chef relisait le papier, il suivit Manon du regard à travers la cloison vitrée. Elle lui fit un doigt d'honneur discret et s'en alla sans se retourner.

– Allez, signe, ça soulagera tout le monde, conseilla Sven en lui tendant le papier et un stylo.

S'il avait été confronté à cette situation quelques semaines plus tôt, quand il ne savait plus comment il s'appelait, Franz aurait été assommé par ce coup de théâtre. A quoi jouait cette femme ?

Mais Franz sut garder la tête froide.

– Je suis d'accord de le signer, dit-il.

– Pardon ?

– Tu as raison, vous m'avez fait une grande faveur en trouvant ce compromis qui n'est peut-être pas cent pour cent légal mais qui a le mérite de mettre les choses à plat.

– Mais… ?

– Non non, il n'y a pas de mais. C'est juste que je serais plus à l'aise si on réglait l'affaire avec les RH. Je pense qu'ils pourraient faire office de médiateur, si tu vois ce que je veux dire.

– Je pense que ça doit pouvoir se faire, dit Sven, méfiant.

– Ce serait vraiment génial. En plus, ça me permettrait de donner ma version des faits.

– Donc c'est bien ce que je pensais, tu essaies de nous entourlouper ?

– Pas du tout, vraiment pas, je te promets. Il y a juste quelques SMS que j'ai reçus de Manon que j'aimerais montrer au DRH pour qu'il comprenne à qui on a à faire.

Sven branla la tête en signe de désapprobation.

– Je ne crois pas que le chantage soit une bonne stratégie.

– Quel chantage ? Je te parle de SMS que j'ai reçus, pas de menaces. Tiens, si tu veux, garde mon portable d'ici à ce que l'entretien ait lieu. Tu verras que je n'ai rien bidouillé.

Franz posa l'appareil sur le bureau et le poussa vers Sven.

– Tu liras ces messages avec le DRH et moi et tu te rendras compte que j'ai été un véritable héros tout à l'heure à la séance. Tu ne te rends même pas compte de ce que je vis depuis que Manon a rejoint l'équipe.

Sven affichait un air grave. Il paraissait désemparé face à la défense de Franz. Il finit par s'emparer de son téléphone.

– Ce sont des accusations graves, dit-il. Je ne suis pas vraiment convaincu que tu dises la vérité, mais tu as raison, cette histoire doit être traitée par les RH.

Franz eut envie de lever les bras en hurlant sa joie. Il imagina déjà la tête de Manon la Française qui devrait se justifier de ses SMS coquins. Bien sûr, elle ne serait pas virée pour si peu, mais l'épisode aurait l'avantage de remettre les pendules à l'heure. Un partout, balle au centre, c'est sans doute ce que Sven serait contraint de dire à l'issue de l'entretien qui s'annonçait d'ores et déjà jouissif.

Comme tout était dit, Franz prit la liberté de se lever pendant que Sven mettait le portable et le document dans l'un de ses tiroirs. Il était sur le point de sortir de la pièce quand son chef l'appela.

– Encore une chose, Franz ?

Franz lui sourit.

– Oui ?

– La compta m'a appelé. C'est au sujet de ta carte.

Une douleur vive se réveilla soudain dans son dos.

– Tu ne te la serais pas fait voler, par hasard ?

– Non, pourquoi ?

– Il y a eu une transaction de plus de vingt mille francs. Mathias a trouvé ça bizarre.

– …

– Ça ne te dit vraiment rien ?

Franz était figé sur le seuil avec un sourire coincé sur les lèvres.

– Tu vas bien ? s'inquiéta Sven.

– Oui oui…

– C'est quoi, alors, ces vingt-trois mille balles ?

– J'allais justement t'en parler, dit Franz en réalisant qu'il avait complètement zappé ce petit détail qu'il s'était pourtant promis d'évoquer dès son retour au bureau le lundi précédent.

– Je t'écoute.

Franz hésitait à poursuivre ; il se doutait que son histoire ne plairait pas.

– Mathias m'a dit que la transaction a été passée d'un hôtel à Genève. On avait des clients là-bas ?

– En fait, j'ai acheté une bague à une vente aux enchères, dit-il en omettant l'essentiel, à savoir qu'il n'était pas l'imbécile à avoir levé la main une fois de trop, et que, s'il avait fait une pareille entorse au règlement interne, c'était d'abord pour sauver François d'une humiliation totale.

A la réception de l'hôtel, Franz avait en effet assisté à sa longue descente aux enfers. Vu de l'extérieur, il n'avait pas su dire qui était le plus dévasté. François, bien sûr, n'en menait pas large, tandis qu'il tendait toutes ses cartes à la réceptionniste, mais Nora semblait prête à le tuer et la présidente de l'association parlait déjà de retenir tout le monde pour remettre le dernier lot en vente.

– Très chère, je crains que ce ne soit pas possible, lui avait dit le directeur, lorgnant lui aussi François d'un air mauvais, comme s'il avait chié dans son assemblage de syrah et grenache.

Franz s'était avancé, d'abord timidement, puis avec plus d'assurance, à mesure que les récriminations se faisaient de plus en plus violentes.

– Tu veux que je paie avec ma carte ? avait proposé Franz sans avoir prémédité son coup.

– Quoi, tu penses qu'elle va passer ?

– La mienne non, mais celle du boulot oui.

– Non, je ne peux pas accepter.

– J'ai une limite de vingt ou vingt-cinq mille, ça devrait être O.K.

– Tu sais très bien que tu ne peux pas faire ça.

– Pourquoi ?

– Je n'ai même pas l'argent pour te rembourser...

– Pas d'économies ?

– Mille ou deux mille balles, pas beaucoup plus.

– Et ton treizième ?

– Arrête, ça ne vaut même pas la peine d'y penser.

– Alors qu'est-ce que tu vas faire ?

François s'était tourné vers le comptoir et il avait réalisé que tous les regards étaient braqués sur lui. Est-ce la mine catastrophée de Nora qui avait fait pencher la balance ? Franz n'avait pas de certitude, mais c'était fort probable.

– Bon, O.K., avait dit François.

– C'est d'accord ?

– Oui, mais d'abord, on parle du remboursement. Je te donne mille tout de suite, un bout de la suite avec mon treizième et je vais voir avec mes parents pour le reste.

– Deal, avait conclu Franz avant de lui tendre sa carte et de lui souffler le code à six chiffres.

Sven écarquilla les yeux en entendant l'explication de Franz.

– Et tu comptais m'en parler quand ?

– Je voulais d'abord payer la facture et après t'en parler.

– Et pourquoi est-ce qu'elle n'a pas déjà été payée ?

– J'attends encore d'avoir réuni toute la somme, ça ne devrait pas trop tarder, d'autant que…

– … est-ce que tu te rends compte de ce que tu es en train de me dire ?

Franz haussa les épaules.

– Tu es en train de me dire que tu as utilisé ta carte professionnelle à des fins personnelles.

– Disons plutôt que j'ai *dû* m'en servir mais que ce n'est que transitoire.

– Tu connais le règlement ?

– Oui, mais ça c'est juste parce que Rémy allait aux putes.

– Et c'est quoi la différence entre aller aux putes et s'acheter des bagues en diamant ?

– Bah ça me semble évident…

– Ne te fous pas de ma gueule !

Sven commençait à s'énerver, mais derrière l'agacement pointait une forme de jubilation qui ne plaisait pas du tout à Franz. On aurait dit qu'il avait enfin acculé le gibier après lequel il avait couru en vain des mois et qu'il s'apprêtait à porter l'estocade.

Sven sortit le papier qu'il avait mis dans son tiroir. Franz s'attendait à ce qu'il le lui fasse signer de force, mais il le déchira dans un geste théâtral.

– On n'aura plus besoin de ça, dit-il avec un air satisfait.

– Pourquoi, tu me pardonnes tout ?

– Non, tu es viré.

– Quoi ?

– Faute professionnelle grave. Prends tes affaires et dégage.

# 2

Le petit appartement charmant dans lequel Sophie Dancet vivait se trouvait du côté de Plainpalais. La première fois qu'elle l'y avait emmené, François avait été surpris par la hauteur sous plafond, impressionnante, et les moulures, élégantes, qui encadraient les fenêtres à double vitrage. Au lieu d'aller dans le salon, au milieu duquel trônait un canapé à fleurs, et où une grande étagère regorgeant de livres l'avait tout de suite intrigué, elle l'avait conduit dans sa petite cuisine. Là, ils avaient partagé une grande carafe d'eau, remplie à deux reprises, et elle lui avait demandé de choisir parmi une collection de cassettes BASF et Maxell la compilation qu'il voulait écouter. Chacune portait un titre cryptique – *Simplex*, *Bliss*, *Hourra !*, *Encore*, *Fire*, etc. –, mais l'écriture d'écolière et le feutre rose avec lesquels avaient été tracés les caractères semblaient annoncer la couleur. Elle écoute sûrement Mylène Farmer ou Eros Ramazzotti, si ce n'est pas David et Jonathan, avait-il pouffé intérieurement. Il lui avait dit de décider pour lui, mais, face à son insistance, il avait désigné le boîtier sur lequel était écrit *You*, dont les lettres aux contours flous semblaient flotter à la surface de l'eau.

Au lieu d'un titre de a-ha ou Sandra, la batterie de Stephen Morris avait résonné brusquement dans la pièce. C'était « Disorder » de Joy Division, et aux percussions s'étaient ajoutés la ligne de basse de Peter Hook, le riff de Bernard Sumner et la voix caverneuse d'Ian Curtis. La cold wave avait surgi au milieu de la nuit et balayé toutes les idées préconçues que François avait nourries au sujet de cette femme rencontrée à la Demi-Lune. A mesure que les morceaux avaient défilé, revisitant la scène musicale du début des années 1980, avec non seulement The Cure mais aussi Siouxsie and the Banshees, ainsi que quelques curiosités ska comme The Specials, François avait eu l'impression de trouver son âme sœur musicale. Il avait aussi craint que le volume ne soit trop fort.

– Tu n'as pas peur de tes voisins ? avait-il demandé.

– T'inquiète, avait-elle répondu, amusée. Dans la maison, personne n'ose rien me dire.

– Ah oui ? Et pourquoi ça ?

– Ils m'appellent tous la sorcière…

François avait terminé d'une traite son verre. Elle l'avait resservi illico puis s'était mise à rouler un joint après avoir sorti d'un vaisselier la trousse à fleurs où elle rangeait son herbe et son papier à rouler. Ses doigts avaient travaillé tout seuls pendant qu'elle fredonnait les yeux mi-clos les paroles de « In Between Days », dodelinant sa tête et imprimant un léger mouvement à son corps. Elle avait sorti le bout de sa langue pour humecter le papier – garanti sans colle – et allumé la cigarette.

Face à elle, François avait senti la fascination progressivement le gagner. Ce petit bout de femme ne payait pas de mine, mais elle dissimulait un univers intérieur fascinant. Qui aurait cru qu'elle était fan de new wave sous ses allures de fille à papa ? Quand elle avait recraché la fumée de la première taffe, il avait eu l'impression de flotter au milieu des nuages. C'était l'effet de l'alcool et l'ivresse s'était transformée en vol plané quand il avait tiré sur le joint. Ses yeux revenaient sans arrêt sur la petite rose flanquée d'épines qui était tatouée dans le cou de Sophie. Plus tôt dans la soirée, quand elle lui avait dit qu'elle bossait dans la restauration, il lui avait demandé si ses employeurs ne voyaient pas ça d'un mauvais œil. Elle lui avait répondu qu'elle portait un uniforme et qu'elle boutonnait toujours son col jusqu'en haut. De l'extérieur, elle était donc « normale », même si ce terme lui paraissait totalement absurde, au même titre que le besoin de vouloir toujours cataloguer les gens. Et si quelqu'un s'aventurait un jour à lui faire le moindre reproche, elle savait déjà quoi lui répondre.

– Quoi donc ?

– Ce ne sera pas avec des mots, avait-elle dit.

La suite de la soirée avait pris une tournure inattendue et François n'aurait logiquement jamais dû retourner chez elle. Mais il n'était pas à une contradiction près et il n'avait pas réfléchi longtemps avant de choisir de son plein gré de la revoir.

A l'issue de la soirée caritative, le directeur de l'hôtel appela la brigade de cuisine et l'équipe du service pour que les convives puissent leur rendre hommage. Tout le monde applaudit très fort, certains allant jusqu'à se lever et lâcher un « bravo » tonitruant, même si, de l'avis général, le chef avait trop cuit le poulet fermier, cette pauvre bête qui avait couru plusieurs semaines dans la basse-cour d'un producteur bressan, choyée et nourrie au grain, pour au final terminer à la poubelle après un rapide tour de salle. Mais l'humeur était festive et le vin avait coulé à flots, l'heure n'était pas aux reproches.

François s'assit sur un canapé en face de la réception. Sophie le rejoignit une dizaine de minutes plus tard, toujours vêtue de son uniforme – jupe noire moulante et veston assorti, chemisier blanc – mais sans ses chaussures à talons carrés, qu'elle avait remplacées par une paire de baskets roses.

– Ton nez, ça va mieux ? demanda-t-elle.

– Oui, merci.

Elle s'assit à côté de lui et décrocha le dernier bouton. Sa petite rose apparut sur la peau lisse de son cou.

– C'était qui, cette nana ?

François la dévisagea sans comprendre.

– Quand tu saignais, tu étais avec une fille.

– Ah oui. C'était Nora. Elle a organisé la soirée.

– Tu la connais d'où ?

– C'est elle qui s'occupe de la presse.

– On peut dire qu'elle prend bien soin des journalistes…

– Elle ne m'a pas frappé, tu sais ?

– Ce n'était pas de l'ironie.

– Non ?

– Non. Elle avait l'air de vraiment bien s'occuper de toi.

– En fait, c'est la fille de mon voisin.

Elle sortit son chemisier de sa jupe, avant de se tourner vers lui pour l'embrasser à pleine bouche.

– On y va ? dit-elle.

– Où ça ?

– Ben chez moi. On ne va quand même pas prendre une chambre ?

Elle se leva et il la suivit. Dans sa tête, François se demanda s'il avait raison de se jeter ainsi dans la gueule du loup. Franz, lui-même, avait paru surpris quand il lui avait annoncé son programme, mais il n'avait pas perdu de temps à se justifier.

Dehors, la pluie avait cessé. Ils descendirent la rue du Rhône puis traversèrent le quartier des banques, elle collée contre lui parce qu'elle avait froid, lui la serrant fort avec son bras. Il avait envie de sentir son corps – *un* corps, à vrai dire – contre le sien. Il ne se rappelait pas la dernière fois où il avait fait l'amour. Peut-être était-ce à Nouvel An, quand Carole et lui étaient rentrés complètement ivres de chez un couple d'amis. Ils s'étaient jetés l'un sur l'autre dans l'ascenseur, étalés de tout leur long dans le couloir et précipités à l'intérieur pour se déshabiller. Ça n'avait pas duré très longtemps, mais ça avait été passionné. Pour une baise d'adieu, ça avait même été honorable. Mais peut-être qu'il confondait et que ce souvenir remontait à l'année précédente. Il consignait beaucoup de choses dans ses agendas, mais pas ses parties de jambes en l'air. C'est dommage parce qu'il en avait été réduit ces dernières semaines à faire des suppositions grotesques, du genre, la dernière fois qu'on a fait l'amour, c'était juste avant que Carole disparaisse trois jours, ou alors non, c'était à son retour de l'enterrement de la mère de Schmürz. Blotti contre Sophie, alors qu'ils remontaient le boulevard Georges-Favon en direction de la place du Cirque, il sentait toutefois la tension retomber. Peu importe, en fin de compte, de savoir à quand remontait la dernière fois où il avait couché avec Carole. Carole était partie et il devait penser à l'avenir.

Chez elle, Sophie lui tendit le carton dans lequel elle rangeait ses cassettes. Ils s'étaient installés à la cuisine, délaissant une nouvelle fois le salon qu'ils n'avaient de nouveau fait que traverser. Il passa en revue les boîtiers, scrutant cette fois les dessins plutôt que de se focaliser sur le titre des compilations. Il hésita entre *Sirènes* et les flammes au milieu desquelles les lettres étaient tracées avec la même écriture enfantine et le même stylo rose, et *Enjoy* !, une injonction placée à côté d'une rose rouge assez mal dessinée, et dont la tige tordue s'enroulait autour des cinq lettres et du point d'exclamation dans lesquels s'enfonçaient des épines affûtées. Il choisit la seconde option. Elle mit la cassette dans son appareil vintage et la musique remplit soudain toute la pièce. C'était le titre d'ouverture de *Doolittle* des Pixies.

– Elles sont incroyables, tes compiles, dit François.

– Tu trouves ?

– On écoute la même musique.

Elle lui sourit en remplissant une grande carafe d'eau.

– Finalement, on n'est pas si différents, dit-elle en sortant deux verres.

François opina du chef. Il ne l'aurait pas formulé exactement comme ça, mais, comme il était revenu ici en sachant à quoi s'attendre, il se dit qu'elle avait raison.

– Je vais aller passer quelque chose de plus confortable, dit-elle.

Il lui assura qu'il ne bougerait pas et se remplit un grand verre d'eau tandis qu'elle disparaissait dans sa chambre. Il repensa au grand lit à baldaquin vers lequel elle l'avait emmené la première fois, ainsi qu'à la tapisserie à fleurs qui ornait les murs de la petite pièce. Il se remémora aussi la curieuse sensation et les nombreuses questions qui avaient surgi dans son esprit quand il s'était allongé sur la housse plastique du matelas. Les réponses n'avaient pas tardé à jaillir et tout avait bientôt coulé de source.

Il se servit un deuxième verre d'eau, qu'il vida lui aussi d'une traite, et il monta le volume. A la suite de « Debaser », il y avait « Tame ». Est-ce qu'elle avait enregistré tout l'album sur la face A de la cassette BASF ? Son adolescence défilait sous ses yeux attendris. Il n'aurait pas trouvé une autre musique sur ses propres compilations s'il avait su où il les avait jetées, sans doute dans un carton au fond de sa cave ou de celle de ses parents, ou plus probablement dans une décharge quelconque après qu'il avait opté pour le CD comme tous ceux de sa génération. Il avait entendu que certains écoutaient aujourd'hui leur musique sur ordinateur, mais c'était certainement une lubie passagère. Lui, en tout cas, resterait fidèle à sa collection de disques, ainsi qu'aux quelques vinyles qu'il possédait encore, et c'est ainsi qu'il continuerait d'écouter les groupes qu'il aimait. Celui de Frank Black en faisait assurément partie, raison pour laquelle il fut ravi d'entendre les premières notes de « Wave of Mutilation ». Sophie avait enregistré tout l'album, il avait vu juste.

Après son troisième verre d'eau, il entreprit de se déshabiller. Il n'avait pas envie de rentrer de nouveau avec un sac de linge sale à la main et il voulait être raccord avec Sophie. Quelle tenue affriolante allait-elle enfiler ? Un truc à fleurs, probablement, ou une nuisette transparente, quelque chose qui de toute manière la rendrait irrésistible. Un rien l'habillait, il s'en était rendu compte durant la soirée. Quand il l'avait observée, il avait été frappé par son port altier. Son corps n'était pas parfait – comme le sien d'ailleurs, pas assez de pectoraux, une légère scoliose – mais il dégageait beaucoup de bonnes vibrations. Les *vibrations*, c'est important, se dit-il en riant, comme pour rendre un hommage discret à Franz tandis qu'il était debout en slip dans cette cuisine avec la vessie joliment pleine.

– Et voilà !

Il se retourna et se raidit. Sophie avait enfilé une combinaison en latex, et, à la main, elle agitait un fouet en cuir.

– On y va ? dit-elle.

François ne savait pas quoi répondre. Tout ça n'était pas prévu : la tenue, le petit engin au manche tressé, le geste sec du poignet qui faisait siffler les lanières.

– Je peux vite passer aux toilettes ? demanda-t-il.

Cette fois, elle l'y autorisa. Pendant plus de trois minutes, il se retira dans le cabinet pour évaluer ses options. Aller à l'échafaud ? Son accoutrement n'annonçait rien de bon. Alors fuir ? Il lui faudrait d'abord récupérer ses vêtements.

Il ressortit. La maison était silencieuse. Ses pas le conduisirent jusqu'à la cuisine. Soudain elle bondit devant lui pour lui fouetter la bite.

– On ne pourrait pas juste baiser ? dit-il en reculant d'un pas.

– Tu penses vraiment que tu serais à la hauteur ?

Le cuir claqua dans l'air.

– Ou alors… parler ?

– On n'a pas arrêté depuis tout à l'heure.

– Oui, je sais, mais on pourrait le faire de manière un peu plus posée. Au salon, par exemple ?

Elle haussa les épaules et guida François jusqu'à cette pièce dont elle alluma le grand plafonnier, et qu'il voyait pour la première fois autrement que dans la pénombre.

Ils s'assirent l'un en face de l'autre. François n'était pas suffisamment bourré pour ne pas saisir toute l'absurdité de la situation : elle portait du latex, lui était en slip, et ils s'apprêtaient à tailler une bavette comme si c'était l'heure du thé.

– Tu es suivie par quelqu'un, ou quelque chose comme ça ? demanda-t-il en regrettant instantanément son entrée en matière.

– Non, pourquoi ?

– Excuse-moi, je ne voulais pas dire ça comme ça. C'est juste que je ne suis pas habitué à ce type de… Ce genre d'interactions, ou je ne sais pas comment on pourrait les qualifier.

– Moi aussi j'apprends.
– Vraiment ?
– Oui, je débute.
– Crois-moi, tu t'en sors très bien.
– Merci.
– Non, franchement, je ne suis pas expert en la matière, mais tu maîtrises les codes. C'est impressionnant.
– Je lis beaucoup.
François admira la grande bibliothèque. C'est vrai qu'il y en avait un paquet, de ces livres. Plus qu'il n'en avait lui-même lu tout au long de sa vie.
– Et à vrai dire, je ne fais pas vraiment ça gratuitement.
– Tu veux dire que tu es une...
– Non, je ne veux pas dire ça. Je le fais pour une raison particulière.
– D'accord.
– Je suis en train de préparer un doctorat ès Lettres.
– ...
– Il faut encore que je décroche les fonds pour ma recherche, mais j'ai déjà commencé à bosser mon sujet.
– Ça parle de quoi ?
– De l'émergence d'une tradition sadomasochiste dans la littérature et de son influence sur la représentation de l'acte sexuel dans les arts graphiques.
– Ouah, sacré programme.

– C’est assez ambitieux, oui.

– Tu vas parler du marquis de Sade, et tout ça ?

– Justement, j’aimerais bien qu’on en sorte. Tout le monde le cite abondamment et on pense toujours à lui, mais il faut aller au-delà de ce personnage que je trouve assez exhibitionniste et finalement pas très intéressant. Bien sûr, il est emblématique, mais je m’intéresse plutôt à ces auteurs qu’on qualifie de sérieux, entre guillemets.

– Genre ?

– Rousseau, par exemple.

– Un Suisse.

– Tu connais sûrement l’épisode de la fessée ?

François haussa les épaules. A quoi bon faire semblant qu’il avait lu Rousseau ?

– Le jeune Jean-Jacques est chez les Lambercier, c’est encore un gamin, et il explique comment il s’efforce de ne pas faire de bêtises.

– Désolé, je ne connais pas.

– C’est vite résumé, t’inquiète. En gros, il dit qu’il adore les châtiments corporels de Mlle Lambercier. Il ne parle jamais vraiment de fessée, il utilise des périphrases du style « la punition des enfans », mais bon, il y a quand même le moment où elle lui claque les fesses et où il trouve ça plutôt sympa. Attends, je vais te le lire…

Elle se leva et marcha avec ses bottines à talons jusqu’à la grande étagère, d’où elle sortit un volume de la Pléiade.

– Comme je bosse dessus, j'ai marqué la page, dit-elle en ouvrant le livre. Voilà comment il explique le truc : « Assez longtems elle s'en tint à la menace [de la fessée], et cette menace d'un châtiment tout nouveau pour moi me sembloit très effrayante ; mais après l'execution, je la trouvai moins terrible à l'épreuve que l'attente ne l'avoit été, et ce qu'il y a de plus bisarre est que ce châtiment m'affectionna davantage encore à celle qui me l'avoit imposé. » Tu vois un peu la logique perverse du mec ?

François acquiesça, mais il n'était pas sûr d'avoir tout compris. Il était fasciné par la vue de Sophie en tenue SM qui lui lisait un passage des *Confessions*. Après tout, il se pouvait que Dieu existe.

– Et encore, attends, il continue. Plus loin, il dit : « J'avois trouvé dans la douleur, dans la honte même, un mélange de sensualité qui m'avoit laissé plus de desir que de crainte de l'éprouver derechef par la même main. » Ça, en soi, c'est un point de départ. J'ai pas mal lu Lejeune et son *Pacte autobiographique*, où il dit en gros que tous les commentateurs sont passés sur l'épisode comme chat sur braise. Il pense en particulier aux lecteurs du XIX^e – bon, là-dessus, je dois encore plancher – et même à des contemporains, comme Starobinski. Mais moi je veux m'en tenir aux textes, tu comprends ?

– Oui oui...

– Parce que Rousseau, c'est quand même le type qui écrit la *Lettre à D'Alembert*. Le discours sur le théâtre, l'allusion au *Misanthrope*, c'est un peu drôle, non, de la part d'un type qui dit qu'il prend son pied en se faisant fesser par une femme de trente ans et en montrant son cul à Turin.

– C'est clair…

– Après, il y aura d'autres auteurs, évidemment.

– Ah oui ?

– Zola, par exemple.

– Bien sûr…

– Prends *L'Assommoir*. Je pense que tous les gamins ont dû râler en le lisant à l'école, moi en tout cas je n'en garde pas un souvenir grandiose. Pourtant c'est gratiné. Tu te rappelles la scène dans le lavoir ?

– Oui oui…

– Gervaise qui attrape Virginie par la taille. Elle lève sa jupe, descend sa culotte et lui frappe le cul avec un battoir. Ça vaut bien Sade, tu ne trouves pas ?

– Il y a ça dans Zola ?

– Je sais, c'est cruel et totalement inattendu. Et quand tu sais que ces romans sont d'abord parus sous forme de feuilletons dans la presse, tu te dis que ça a permis d'ouvrir les esprits. Les journaux, tout le monde pouvait tomber dessus. Imagine le gamin qui lit ce passage.

– Ça vaut bien les catalogues de mode à la page lingerie…

– C'est exactement mon propos, dit-elle. Le cas de Zola – mais il y a en a d'autres, Proust par exemple, avec la scène où Charlus se fait flageller dans *Le Temps retrouvé* – est emblématique parce qu'il y a une notion d'humiliation mêlée à la dimension corporelle et sexuelle, gay ou hétéro, on s'en fout. On ne diminue pas l'autre juste en l'insultant, on rabaisse son corps, on le blesse dans sa chair, et cette douleur éveille le plaisir du lecteur. C'est ça qui m'intéresse : l'émergence de ces scènes aujourd'hui anodines dans un contexte encore largement puritain et qui vont façonner l'imaginaire collectif.

– Ouah, mais tu as déjà tout en tête…

– Te fiche pas de moi. Je n'en suis qu'au début, il me manque encore la transition entre la littérature du début du XX^e, Proust et Gide, en gros, et la suite du siècle. Parce que ce qui m'intéresse, c'est la façon dont les arts graphiques vont s'emparer de ces modèles, surtout à partir des années 1930 ou 1940, voire même un peu avant, avec les Surréalistes. Mais bon, là, je t'embête avec tout ça.

– Pas du tout, au contraire, dit François en réalisant qu'une érection énorme déformait son slip.

Sophie s'en rendit compte et s'approcha de lui après avoir replacé Rousseau dans l'étagère.

– Je veux bien te branler, si tu veux, dit-elle.

– Tu veux pas plutôt…

– … faire l'amour ?

Les rues étaient vides et François les arpentait en se sentant lui-même vide. Il marchait les mains dans les poches et guettait son reflet dans la vitrine des boutiques où il apparaissait comme la silhouette furtive d'un fantôme. Tout ne s'était pas passé comme prévu. Pour le mettre à l'aise, Sophie lui avait demandé s'il avait aperçu un téton borgne. Il n'avait pas compris l'allusion, alors elle lui avait lu le passage. Zulietta l'avait remis d'aplomb et Sophie l'avait fait jouir avec une main tout en laissant traîner l'autre. Ça l'avait libéré mais pas totalement rassuré. Il avait l'impression d'avoir de nouveau quinze ans et il se posait mille questions sur sa vie.

Sa vie, justement. Une histoire confuse à force d'être limpide, une suite de complications autour de problèmes finalement simples, une fuite en avant causée par son réflexe de toujours regarder en arrière. François en venait à envier Franz : son existence était structurée, certes pas dénuée d'emmerdements, mais il pouvait se raccrocher à quelques principes. Et puis il avait des convictions. François, lui, était porté par le vent, il errait au gré des courants, il évitait de prendre la moindre décision. Pas étonnant que les gens n'arrivaient pas à le cerner, ni même à se souvenir de lui. S'il avait raconté fidèlement sa vie, s'il avait transformé les péripéties de son quotidien en récit à la troisième personne, personne n'y aurait rien compris. Les lecteurs dubitatifs lui auraient demandé pourquoi les autres protagonistes – Franz, par exemple, parce qu'il y avait fort à parier qu'il figurerait dans ce livre qui restait à écrire – étaient attachants, sympathiques et volontaires, pourquoi aussi ils semblaient avoir une vie et des idéaux, alors que le personnage de François paraissait colérique et renfermé sur lui-même, incapable d'agir et de jouir. On lui aurait dit : l'histoire est pas mal, mais on ne sait pas très bien après quoi François court, et pourquoi il s'énerve contre tout et tout le monde, y compris lui-même. François aurait bien sûr été incapable de répondre. Mais il aurait tenté de justifier le fait qu'on ne voyait jamais son alter ego aller boire un verre avec ses collègues ou que toutes ses tentatives de séduction paraissaient vouées à l'échec. Mon personnage est comme ça, il est seul et il est triste, rien ne lui réussit ; il est incapable de se connecter au monde et aux gens qui l'entourent parce qu'il doute de tout, et que l'entêtement avec lequel il a fermé les yeux sur sa propre réalité – le naufrage de sa relation avec Carole – l'a profondément fragilisé.

Quand il arriva chez lui, il s'effondra en pleurant sur son canapé et le chat vint instantanément se blottir contre lui.

# 3

Franz eut vingt minutes pour rassembler ses affaires. Pendant qu'il sortait de ses tiroirs USM impeccablement rangés les quelques effets personnels qui lui restaient – une vieille édition de poche du *Loup des steppes*, une tasse affublée de son prénom qu'une ex lui avait rapportée de Prague, un bloc compilant plusieurs mois de notes de travail prises à une époque lointaine où il lui semblait fondamental de les réunir en un seul endroit –, Sven ne le lâcha pas d'une semelle. Franz sentait sa présence, il visualisait même son petit sourire en coin tant sa victoire était totale, mais il pouvait vivre avec ça. Ce qu'il n'aimait pas, en revanche, c'était de savoir que tout le bureau les observait. Tout le bureau, enfin, surtout la clique de Roger. Que se passerait-il s'il croisait leur regard ? Un poing partirait dans la gueule de Roger, un coup de pied finirait dans la face de Samuel. La police s'en mêlerait et ça compliquerait encore ses affaires.

Franz jeta encore un œil dans ses tiroirs, mais il n'y avait rien de personnel hormis quelques compilations sur cassette que François lui avait envoyées il y a longtemps. Il mit les boîtiers dans le sachet Orell Füssli contenant déjà le livre, la tasse et le bloc-note, puis il se dirigea vers la sortie.

Sven eut l'air surpris.

– Déjà ?

Franz haussa les épaules. Il devait avoir encore un vieux Tupperware quelque part dans un casier, mais pas question de s'appesantir ici. Au final, il n'avait eu besoin que de quatre ou cinq minutes pour débarrasser ses affaires. Sans doute Sven avait-il imaginé qu'il prolongerait l'instant indéfiniment et qu'il aurait à le foutre à la porte. Voilà pourquoi il affichait une mine contrite tandis que Franz avançait vers lui.

Sven recula d'un pas pour le laisser passer.

– Je ne te raccompagne pas, *gäll* ?

– Non pas besoin, répondit Franz.

Les deux hommes se dévisagèrent en silence, et, comme il savait qu'il ne gagnerait pas cette fois-ci, Franz lui tendit le sac dans lequel il avait fourré son bazar.

– Tiens, tu jetteras ça pour moi, d'accord ?

Ce geste spontané, un coup de génie. Franz le comprit quand Sven accepta l'objet dans un réflexe involontaire et qu'il sembla s'en mordre tout de suite les doigts. Le froncement de sourcils qui chiffonna son front, cette mimique que Franz avait si souvent vue quand son chef était énervé, prouvait que le prends-ça-espèce-de-larbin valait toutes les insultes.

Dans le couloir qu'il emprunta sans plus se retourner, Franz se dit qu'il aurait aimé voir une dernière fois Manon. Il aurait voulu lire dans ses yeux la culpabilité qu'elle devait assurément ressentir en le voyant s'en aller aussi piteusement. Ce n'était pas elle qui lui avait dit d'utiliser la carte de l'entreprise, bien sûr, mais elle avait quand même contribué à le faire chuter de son piédestal. Comment allait-elle vivre avec ça sur la conscience ? Mais à mesure qu'il avançait dans le couloir en ayant conscience d'être le centre d'intérêt de *tous* ses collègues, des pensées parasites embrouillaient son raisonnement. S'il croisait Manon, que se passerait-il vraiment ? Aurait-il le courage de la toiser ? Dans sa tête, les scénarios se succédaient à une cadence infernale et s'annulaient mutuellement. La seule certitude, c'est qu'être confronté une dernière fois ou non à Manon n'allait pas changer grand-chose à sa situation : dans moins de trois minutes, il serait de l'histoire ancienne dans cette boîte qu'il avait contribué à développer et plus personne ne parlerait de lui d'ici quinze jours.

Franz se retrouva dans la rue. Il était à peine onze heures, il avait la journée devant lui et cette liberté qu'on lui avait flanquée dans les pattes était un brin encombrante. Il ne se sentait pas libre et léger. Non, ça n'était pas vraiment l'état d'esprit dans lequel il se trouvait tandis qu'il marchait vers l'arrêt de tram après s'être demandé s'il devait aller une dernière fois dans sa boulangerie. Dehors à onze heures, mais qu'allait-il bien pouvoir faire de sa journée, sans parler des suivantes ?

Il plongea ses deux mains dans ses poches pour saisir son portable, mais il se rappela au moment où ses doigts palpaient un vieux mouchoir dans l'une et son paquet de clopes dans l'autre qu'il avait laissé l'objet sur le bureau de son chef. De son plein gré, en plus ! Pourquoi avait-il accepté un portable de la boîte ? Et pourquoi n'avait-il pas conservé l'abonnement personnel qu'il avait conclu chez Diax ? Putain de calcul de radin, voilà qu'il était coupé d'une partie de lui-même. Il pensa à tous ces SMS qu'il ne pourrait plus jamais lire et il pesta contre son réflexe puéril d'avoir voulu coincer Manon avec cette histoire de *sexting*. Encore une idée à la con…

Il s'installa dans le tram vide en repensant au dernier échange qu'il avait eu avec François. Ils avaient évoqué sa venue prochaine à Zurich, et, s'ils avaient rajouté quelques *private jokes* au sujet de la soirée caritative, ils ne s'étaient pas non plus raconté grand-chose d'intéressant. C'était ça, les messages qu'il craignait de ne plus pouvoir lire ? Franchement, il n'y avait pas de quoi se prendre la tête. Il se rachèterait un nouvel appareil et il écrirait de nouveaux SMS qui lui feraient oublier tous les autres. Il était en train de se détendre en se moquant intérieurement de lui – tu as vraiment flippé pour ça ? – quand une seconde vague d'inquiétude le saisit.

Dans son téléphone, il n'y avait pas que les SMS de ses amis, il y avait aussi le numéro de téléphone de toutes les femmes qu'il avait croisées, et pour certaines baisées, depuis que la téléphonie mobile existait, ou du moins depuis qu'elle s'était suffisamment démocratisée pour que le premier réflexe – quand on croisait une personne qui nous plaisait, et avec qui le sentiment était réciproque – soit d'échanger ses coordonnées téléphoniques. Pas celles du fixe sur lequel on tombait souvent sur des répondeurs anonymes, mais du petit objet que l'être désiré glissait contre son corps, dont il s'emparait délicatement à chaque fois qu'une sonnerie retentissait et qui donnait un accès libre et en temps réel à sa personne. Avec combien de femmes Franz avait-il répété ce rituel ? Combien de numéros avait-il stockés dans son Nokia ? Il n'avait jamais compté, mais ça devait faire un paquet. Plus jamais il n'aurait accès à ces combinaisons de chiffres associées à des prénoms qui lui rappelaient de bons moments, et cette perspective l'angoissait.

Il sortit à l'arrêt suivant pour chasser l'anxiété. Il marcha trois quarts d'heure sans rien comprendre au décor qu'il traversait, zigzaguant dans la ville comme une boule de flipper embarquée dans une partie sans fin, prise au piège d'une machine machiavélique le baladant dans tous les sens. Il essaya pendant tout ce temps de reconstituer de mémoire son répertoire; les noms jaillissaient spontanément, mais aucun numéro. Forcément: quand on se contentait de presser sur le bouton « appeler », on n'avait aucune chance de retenir les coordonnées de personne. Chaque numéro devenait un code secret qu'on avait sous les yeux une seule et unique fois, et qu'il fallait ensuite détruire ou avaler. Ridicule. La technologie, au lieu d'augmenter l'humain, le réduisait en esclavage, elle le rendait dépendant à des machines qui le lâcheraient à la première panne de courant ou en cas de bug majeur, et tant pis si celui de l'an 2000 avait fait pschitt, il y en aurait tôt ou tard un autre, véritable et ravageur, qui mettrait le monde à terre et plongerait l'Humanité dans le même état de désarroi que Franz traversait en cet instant.

Son angoisse se transforma en dépit abyssal quand il réalisa que le seul numéro dont il se souvenait, hormis le sien et celui de ses parents, était celui de Sven. Pour une raison qui lui échappait, sans doute parce qu'il l'avait composé des dizaines de fois avant que l'utilisation du portable ne se généralise, il se rappelait le numéro de ce connard et pas celui des femmes croisées durant ses sorties. Adieu Alba et ses longues jambes et sa fossette sur la joue gauche qui apparaissait et disparaissait au rythme de ses éclats de rire; adieu encore Charlotte et sa coupe improbable – mèches multicolores, volume barbe-à-papesque, perles en tout genre accrochées au bout des pointes – et ses yeux d'un vert profond ; adieu aussi Helena et sa voix grave de fumeuse qui disait sur vous en cinq mots plus de choses que tous vos amis réunis en une vie. L'hécatombe était terrible, dans sa tête le champ de bataille s'allongeait sur des kilomètres et jamais il n'en verrait le bout.

Il s'échoua sur un banc près de Bellevue et regarda défiler les trams jusqu'à ce que la faim l'encourage à bouger.

Le patron du Big Ben posa devant lui un burger accompagné de frites. Il avait besoin de s'abrutir l'esprit à coup de *junk food* pour que son sang migre vers son estomac et cesse d'irriguer son cerveau qui continuait en arrière-plan de projeter l'image de ces femmes qu'il ne reverrait plus. Autour de lui, d'autres cadres des deux sexes, tirés comme lui à quatre épingles, dînaient, la plupart dévorant un burger ou une salade. Franz eut presque la sensation d'appartenir toujours à ce monde de travailleurs joyeux et dociles. Ce n'est que lorsque les premiers groupes commencèrent à repartir qu'il sentit le décalage se creuser entre ces *yuppies* en pause de midi et sa pauvre personne condamnée à prendre des pauses d'une journée en raison de son excommunication de l'espace sacré du *bureau*. Bientôt, Franz se retrouva seul dans le pub, et, quand il vit le regard discret mais intrigué du patron, il se sentit obligé de lâcher quelques mots pour se justifier.

– J'ai pris l'après-midi, dit-il avant de se commander un café. Petit et fort, s'il te plaît.

Il le lui apporta avec une grappa.

– C'est la maison qui offre.

Franz but le café d'une traite et enchaîna avec la grappa. Il était officiellement ivre et il valait mieux qu'il s'en aille avant de devenir pathétique.

Dans la rue, il sentit l'effet de l'alcool dans les jambes, moins dans la tête. L'air frais le maintenait à flot. Il partit en direction de la gare centrale et ferma les yeux quelques secondes en marchant. Le défilé des femmes trustant son répertoire se poursuivait sans qu'il puisse le contrôler. Adieu Rebecca et son rire spontané qui désamorçait toute discussion sérieuse ou tentative de moquerie sur sa diction hésitante. Adieu Silvia et ses bouclettes dorées qui… Il ouvrit les yeux et s'arrêta net. Depuis tout à l'heure défilaient les visages féminins qu'il avait croisés ces derniers mois et le spectacle était si fascinant qu'il en avait oublié l'absurdité, ou plutôt occulté la dimension obscène. Car s'il était en train de pleurer toutes ces créatures qu'il ne reverrait jamais, il avait omis une réalité terrible: jamais depuis qu'il avait entré leur numéro dans son téléphone il ne les avait appelées. Cette pensée le dégrisa d'un coup.

Un ivrogne s'approcha de lui. C'était celui qu'il avait l'habitude de croiser devant le Big Ben, et qui cette fois s'était risqué près de Central. L'homme tendit sa main en mâchouillant son mégot et en lui demandant s'il n'avait pas une thune. Franz, le plus souvent, l'ignorait, mais il fut troublé par le sourire chaleureux que le malheureux lui adressait.

Ce n'était pas qu'il essayait de l'amadouer, c'est juste qu'il semblait avoir reconnu en lui l'un des siens. Franz vomit à ses pieds.

La foule s'agglutinait sous l'horloge de la gare centrale. Les grandes aiguilles disaient qu'il était tard et que Franz ne tarderait pas à les voir faire un tour complet si le train de Genève tardait encore. Il avait reçu sur son nouveau téléphone un message de François lui annonçant qu'il était en rade en pleine cambrousse argovienne. Le contrôleur s'était apparemment retranché dans sa cabine – voire peut-être même dans la locomotive –, d'où il faisait grésiller le micro à intervalles réguliers pour assurer que le train allait repartir incessamment, promis, ça n'était qu'une histoire de minutes. Mais quelque chose dans sa voix contredisait sa belle promesse, à en croire François, son intonation était trop fébrile pour que l'annonce répétée comme un mantra ne soit pas juste une stratégie pour éviter le lynchage. Ça sent la panne fatale ou l'accident de personne, avait écrit François en lui proposant d'aller déjà au Big Ben. Mais Franz n'avait pas bougé du *Treffpunkt* ; il ne se sentait pas d'attaque pour s'enfoncer seul dans le Niederdorf, ni encore moins pour s'aventurer dans ce pub où il passait déjà l'essentiel de ses journées depuis qu'il avait été *libéré* de ses obligations professionnelles.

Franz aperçut François de loin et lui fit un signe de la main. Il était passé vingt-deux heures trente. Sous l'horloge, la foule s'était clairsemée. Ils se firent un *hug* puis François se moqua de sa tête enfoncée dans ses épaules comme celle d'une tortue dans sa carapace. Parle pour toi, avec ta marque d'oreiller, rétorqua Franz.

Ils marchèrent en direction de Central à contre-courant de la foule. La température était clémente, le ciel dégagé et les conversations dont ils saisissaient au vol quelques bribes plutôt légères et enjouées.

– Tu as toujours envie de sortir ? dit Franz.

– Je ne sais pas. Et toi ?

– Les bistrots vont bientôt fermer.

– Qu'est-ce que tu proposes ?

Si cela n'avait tenu qu'à lui, Franz serait rentré se coucher pour dormir jusqu'à midi le lendemain.

– On pourrait aller manger italien.

Ils trouvèrent sans peine une table dans le restaurant coincé entre le Limmatquai et la Schneggengasse, optant pour leur menu traditionnel – pression en guise d'apéritif, salade mêlée puis *penne alla siciliana* et Primitivo. Franz n'attendait pas grand-chose de la bière, il en avait tellement bu les jours précédents que le parfum du malte l'indisposait même légèrement, mais le picotement des bulles dans son palais lui redonna un peu de vigueur.

– La tortue sort sa tête, dit François.

– Il te reste une plume dans les cheveux…

François, malgré ses petits yeux et ses mèches qui rebiquaient, n'avait pas l'air si endormi que ça.

Il était même plutôt bavard et s'était lancé dans un récit enflammé dès la première gorgée. L'histoire concernait Carole, qui l'avait appelé.

– Et tu sais ce qu'elle voulait ?

– ...

– Que je la rejoigne à la banque pour qu'on annule les procurations sur nos comptes respectifs.

– Vous faisiez compte commun ?

– Ben oui.

– O.K.

– Donc je la vois, on signe les papiers et juste avant de se quitter, tu sais pas ce qu'elle me dit ?

Franz haussa les épaules. A part « au revoir et bonne journée », il ne voyait pas.

– Elle m'a dit, François, je suis désolée de t'avoir manqué de respect.

– C'est bien.

– Comment ça, c'est bien ? Tu te rends compte de ce que ça veut dire ?

– Ça veut dire qu'elle est désolée de ce qui s'est passé entre vous ?

– Elle n'a pas dit ça, elle a dit, désolée de t'avoir manqué de respect. Manqué de respect, tu piges la nuance ?

– Non.

– Attends, mais c'est évident. Elle a reconnu qu'elle n'avait pas été tout à fait *clean* avec moi.

– Ça tu le savais déjà, non ?

– Oui, mais là, elle l'a reconnu. Ça veut dire que j'avais raison de lui en vouloir.

Franz le dévisagea un instant en cherchant à comprendre pourquoi cette réplique totalement banale avait résonné de manière si spectaculaire dans sa tête. Il trempa ses lèvres dans la bière en espérant qu'il se remette à parler dans l'intervalle, mais l'autre le regardait toujours avec intensité comme s'il attendait un mot d'encouragement de sa part.

– T'es pas un peu en train de radoter ? dit Franz.

– Quoi, je radote ?

– Elle t'a raconté des mensonges pendant je sais pas combien de temps, elle est partie du jour au lendemain, elle t'appelle à chaque fois qu'elle a besoin d'un truc. Si ça c'est pas manquer de respect, je sais pas ce que c'est.

Le serveur arriva avec les salades mêlées.

– C'est comme ça que tu me vois ? dit François.

– Là, je décris juste ce qui s'est passé.

– Oui, mais tu es en train de dire que c'est moi le pauvre type dans l'histoire.

– J'ai pas dit ça.

– Tu n'as pas dit ça, mais il n'y a qu'à voir ta gueule pour comprendre.

Franz piqua une feuille avec sa fourchette et trempa un bout de pain dans la sauce. Il avait faim et assez peu envie de s'embarquer dans une dispute à rallonge avec un mec qui n'était pas foutu de tirer un trait sur la nana qui l'avait largué.

– En fait, tu m'as dépanné parce que tu avais pitié de moi.

– Hein ?

– Quand tu m'as filé ta carte du boulot, c'est parce que tu me trouvais pitoyable.

– Non, je voulais t'aider.

– Tu l'as fait pour me prouver que j'étais incapable de gérer mon argent et encore moins mes relations avec les femmes.

– N'importe quoi…

– Si, je te jure. En fait, tu es comme tous les Bourbines, tu profites de chaque occasion pour rappeler aux Welsches qu'ils sont nuls et assistés.

– Tu penses vraiment ce que tu dis ?

– Oui, tu m'as aidé parce que tu es égoïste.

– …

– Tu es égoïste et tu ne penses qu'à toi. Comme tous les Suisses allemands, tu es vaniteux et moi je suis tombé dans le panneau. Putain je suis vraiment trop con.

Franz posa sa fourchette et le regarda d'un air qu'il pensait sidéré, mais qui devait être hostile vu la réaction de François.

– Là, je sais exactement ce que tu penses. Tu es en train de te dire que je suis un autre de ces putains de Welsches, susceptible et jamais content, incapable aussi de gérer ses propres affaires. C'est pour ça que tu as voulu me sauver, hein ? Je suis sûr que oui… Vous et votre réflexe paternaliste, comme si on n'était pas foutus de se prendre en charge nous-mêmes, putain, vous faites chier.

François sortit une enveloppe de sa poche puis étala sur la table plusieurs billets de mille.

– Le voilà, ton pognon. Tu pensais que je n'allais pas te payer ?

Les clients assis près d'eux les observaient du coin de l'œil, totalement abasourdis en voyant la fortune posée sur la nappe à carreaux.

Franz entreprit de rassembler les billets pour les remettre dans l'enveloppe, mais François l'en empêcha.

– Parce que tu ne vas pas compter ? Je vais le faire, sinon tu vas encore m'accuser de ne pas t'avoir tout remboursé. Mille, deux mille, trois mille…

– … arrête.

François ne moufta pas quand Franz rangea tous les billets.

– Je te fais confiance, dit-il.

Ils rentrèrent dès qu'ils eurent bu le café et la grappa. Dans le salon, Franz rassembla toutes les canettes vides. François, plutôt taciturne, participa au rangement, mais il eut la délicatesse de ne pas demander pourquoi la pièce d'ordinaire si bien rangée était jonchée d'un désordre aussi nauséabond.

Ils poussèrent ensuite la table sur laquelle s'entassait le courrier d'une dizaine de jours, avant de poser le matelas gonflable au milieu de la pièce.

– Tu as tout ce que tu as besoin ? dit Franz.

François opina du chef puis Franz disparut dans sa chambre où il termina la bière posée sur sa table de chevet (un peu tiède mais il ne s'arrêtait plus à ce genre de détail), avant de sombrer dans un sommeil lourd.

Quand il se leva le lendemain, le salon était inondé de lumière et parfaitement rangé. François, déjà douché et habillé, avait remisé le matelas et terminé le ménage entrepris à la va-vite la veille. Franz grogna un salut et alla pisser en se demandant comment il allait négocier la journée. Aurait-il la force de faire comme si de rien n'était ?

– Bien dormi ? demanda François.

– Ouais. Toi ?

– Très bien.

– Je suis allé chercher un peu de pain. Pas évident de trouver une boulangerie dans ton quartier.

La table avait été dressée avec soin même si le dispositif était minimaliste : il y avait deux tasses, deux cuillères, deux assiettes, deux couteaux et deux serviettes en papier – en réalité un coupon de papier ménage coupé en deux –, le tout accompagné d'une planche à pain sur laquelle trônaient une grosse miche et un gros couteau.

– Alors ? dit François.

Alors tu as mis la table mais il manque la seule chose qui serait susceptible d'extirper ma tête de la grosse paire de fesses qui l'a aspirée, pensa-t-il. Il garda pour lui son sarcasme et répondit par un sourire.

– Tu veux sûrement un café ? ajouta François, comme s'il avait lu dans ses pensées.

Cette sollicitude était gênante, d'autant qu'elle se mêlait à la clarté du soleil et à l'azur étincelant pour diffuser dans l'air une odeur écœurante de bons sentiments. Qu'est-ce qui avait bien pu se passer durant la nuit sur ce matelas pour que François soit si bien luné ? Il était peut-être ressorti et il avait enfin tiré un coup. Oui, ça devait être ça. Dès qu'il s'était retiré dans sa chambre, François en avait profité pour filer en boîte. Au début, ça n'avait sûrement pas dû être simple de draguer – il se débrouillait en allemand, beaucoup moins en suisse allemand –, mais, passé un certain stade, plus personne de toute manière ne parlait en discothèque. Il suffisait d'un effet de lumière particulièrement flatteur ou d'un gin tonic de trop pour que des rapprochements s'opèrent. François avait dû avoir un ticket avec une noiraude ou une châtain foncé, sans doute un mélange entre Carole et Emma ; ils avaient dansé un peu puis s'étaient lancés dans un frotti-frotta qui s'était prolongé par une série de pelles au bar. La suite avait dû se décider assez vite : chez toi ou chez moi, avait-elle demandé. Il avait répondu « chez moi » sans trop d'hésitation : s'il n'était techniquement pas chez lui, il avait une sorte de joker depuis que lui, Franz, avait baisé Béatrice, cette fille rencontrée au supermarché, dans son lit, là où il s'était déglingué le dos. Au début, François avait dû paniquer à l'idée de ne pas avoir de capotes, mais il avait certainement eu le réflexe de fouiller l'armoire murale. La suite, il n'avait pas trop envie de l'imaginer, mais sans doute y avait-il eu un incident absurde dont seul François avait le secret. Par exemple le matelas pneumatique qui se dégonfle en plein coït, avec un bruit de pet sans fin, et qu'il faut regonfler à poil à coup de pompe à pied. Au final, l'épisode ne l'avait pas empêché de jouir un bon coup et la jeune femme s'était éclipsée au petit matin avec sa tignasse en bataille et sa culotte dans son sac à main.

– T'as baisé toute la nuit ou quoi ? demanda Franz tandis qu'il remplissait la cafetière italienne d'eau.

– Non, pourquoi ?

– Tout ça, le petit déjeuner, le ménage.

François se marra en allumant la cuisinière à gaz.

– Mais non, tu es con. Comment j'aurais pu trouver une nana ?

– Alors tu t'es branlé ?

– Oui, mais ça n'a rien à voir. J'ai été un peu nul hier soir et je voulais me rattraper.

Franz le rejoignit dans le coin cuisine pour se remplir un verre d'eau.

– Laisse, je peux le faire, dit François.

– Hier soir, ouais, c'était quoi ?

– Oublie, j'étais vexé. A cause de Carole. Elle m'a fait cocu et ce n'est pas facile à vivre.

Franz descendit d'une traite l'eau fraîche qui fit redémarrer la machine.

– Et maintenant ?

– Je crois que je suis prêt à passer à la suite.

Franz s'approcha de la grande fenêtre ouverte. Dehors, les toits scintillaient et il y avait un air printanier. Il s'alluma une clope et s'assit sur le rebord de la fenêtre. Son appartement était métamorphosé, chaque chose était à sa place et les rares meubles ripolinés. Un vrai petit intérieur suisse. Tout ça lui foutait la nausée.

Dans la cuisine, François s'activait seul. Il déployait une énergie un peu suspecte aux yeux de Franz, comme s'il voulait se convaincre que sa rupture était digérée et que tout irait désormais pour le mieux. Il ne serait pas en train de couver une dépression ? Franz était sensible à ces petits signes parce que lui-même pataugeait depuis plusieurs jours dans un marasme profond, pour ne pas dire une merde noire, et qu'il lui arrivait aussi de connaître une embellie momentanée qui le poussait hors de chez lui et l'encourageait à s'acheter un billet au Kunsthaus pour s'y promener toute l'après-midi, avant d'aller manger une assiette végane chez Tibits en sirotant un jus de carottes au gingembre et en se promettant de se remettre dès le lendemain au sport afin de maximiser ses chances de retrouver vite un travail. Sauf que le matin suivant, il se réveillait avec la gueule de bois même s'il n'avait pas bu une goutte d'alcool. L'énergie déployée la veille devant les toiles de Hodler ou Anker s'était évaporée. Disparue, pouf, envolée avec le souvenir de ces quelques heures boostées par un regain d'activité aussi bienvenu qu'éphémère.

– Voilà, c'est prêt, dit François en revenant avec la cafetière fumante dans les mains.

Dans un premier temps, ils mangèrent en silence, échangeant de temps à autre le beurre contre la confiture et inversement, puis remplissant à tour de rôle leur tasse de café. François se leva spontanément pour préparer une seconde Bialetti et Franz ne fit même pas semblant de vouloir s'en charger.

– Tu te rappelles ce que tu m'as dit hier ? demanda Franz.

– Au sujet de Carole ?

– Non, à propos des Suisses allemands.

– Le délire paternaliste et tout ça ?

– Oui.

– J'ai peut-être un peu exagéré, je suis désolé.

– Non, il n'y a pas de problème, on peut en parler.

– Pas besoin de prolonger la discussion. De toute façon, il n'y a pas grand-chose à dire au sujet des Romands et des Alémaniques. On n'a rien à voir les uns avec les autres mais on vit très bien ensemble, fin de l'histoire.

Franz coupa deux nouvelles tranches de pain et en beurra une avant d'y étaler une grosse cuillère de confiture.

– Je sais, dit-il.

– Donc on oublie tout ça, ça vaut mieux, non ?

– J'aimerais quand même dire une chose.

– …

– Les Welsches, ils n'ont pas besoin des Totos pour fonctionner. Ça marche très bien chez vous.

– Cool.

– Et tous ceux qui critiquent les Welsches parce qu'ils sont plus légers, entre guillemets, ils oublient qu'avoir un balais dans le cul veut pas dire qu'on est plus efficaces.

La cafetière se mit à gargouiller et François se leva pour la surveiller.

– Fais gaffe, Franz, tu parles comme un Welsche. Tu es venu trop souvent à Genève.

Franz mordit sa tartine à pleines dents et s'affala sur sa chaise pour la mastiquer avec un air un peu niais. Il avait l'air content de lui et rien n'indiquait à ce stade que son plaidoyer pour ses concitoyens francophones allait virer au règlement de compte dans moins d'une minute.

– Peut-être que j'ai passé trop de temps à Genève, ouais, dit-il la bouche pleine.

François remplit les tasses.

– Il faut reconnaître que tu as toujours super bien parlé le français.

– J'ai toujours aimé, je sais pas pourquoi.

– Comme moi avec l'allemand…

– Les Romands détestent tous l'allemand.

– Je sais, il doit y avoir un problème avec l'enseignement.

– Il y a un problème, oui, mais c'est pas l'enseignement.

– C'est quoi le problème, alors ?

– Le problème, c'est que les Romands ont un complexe d'infériorité.

– …

– Oui, fais pas cette tête, ils se sentent inférieurs.

– Aux Suisses allemands ?

– Non, bien sûr. Ils se sentent inférieurs aux Français.

– N'importe quoi…

– C'est pas moi qui le dis.

– Ah non ? Alors c'est qui ?

– Dürrenmatt.

François se redressa sur sa chaise comme si la figure d'autorité convoquée de si bonne heure exigeait de lui un sursaut de dignité.

– J'ai lu une fois dans un entretien qu'il disait que les Welsches souffrent de pas être Français. Il dit que ça se voit à la manière qu'ils ont donné des noms bizarres aux Alémaniques, comme les Totos, les Bourbines, les Boches, etc., alors que pour les Français ils n'ont pas de surnoms méchants.

– On les appelle bien les Frouzes.

– Dürrenmatt dit que les Welsches sont frustrés de pas être Français, alors c'est pourquoi ils se vengent sur les Alémaniques.

– On se venge sur vous ?

– Vous vous vengez sur les Alémaniques en disant qu'ils sont lents parce que vous pensez que vous avez la langue de la culture. Mais de quelle culture on parle ?

– …

– La culture des Français qui s'en foutent de tout ce qui n'est pas français, alors qu'avec l'allemand et le dialecte ça marche autrement.

– C'est qui qui dit ça ? Dürrenmatt aussi ?

– Dürrenmatt a un avis sur tout et oui, c'est lui qui dit ça. Il n'y a pas d'allemand académique, alors les Alémaniques peuvent le parler comme ils le veulent et même l'inventer. C'est à eux, pas comme le Français qui est aux Français, et pas aux Romands.

François étalait du beurre sur une tranche de pain qu'il venait de couper. Son geste un peu nerveux trahissait un bouillonnement intérieur. Franz l'observait en restant silencieux, heureux de l'effet de sa citation presque verbatim des propos qu'il se souvenait effectivement avoir lus dans un vieil entretien de Dürrenmatt.

– Si tu veux parler littérature, on peut aussi citer Ramuz, dit François après avoir avalé une longue gorgée de café, comme pour faire descendre plus vite le gros bout de tartine qu'il avait mastiqué avec un air grave et dégluti avec un peu trop d'empressement.

– Je connais pas Ramuz, dit Franz.

– Je vais te dire ce qu'il a dit. Il a dit que la Suisse romande n'a jamais fait partie de la nation française. La France, on s'en fout parce qu'on a parlé français avant même que la France existe et qu'on n'a jamais été sous la dépendance de la maison de France.

– Ça n'empêche pas que vous vous sentez inférieurs.

– On n'a jamais été les sujets d'un roi de France et ça veut bien dire ce que ça veut dire.

– Et ça veut dire quoi ?

– Ça veut dire qu'on n'a pas eu besoin d'eux pour devenir ce qu'on est et que pour rien au monde on échangerait notre pays contre le leur.

– Ramuz peut raconter ce qu'il veut, en attendant vous vous faites bien baiser par les Français.

– Parle pour toi…

Franz commença à débarrasser la table sans avoir terminé son café. Est-ce que François allait lâcher un mot d'excuse ? Peu probable. Il n'avait jamais été du genre à regretter une vacherie, quand bien même il aurait dû savoir que ses commentaires assassins, balancés sur un ton guilleret pour le plaisir du bon mot – une autre preuve qu'il était plus Français qu'il ne voulait bien le reconnaître –, fusaient comme des poignards.

– Toi qui détestes tellement les Français, tu peux m'expliquer pourquoi tu voulais tellement les rejoindre ? dit Franz en versant dans l'évier le café encore chaud.

– De quoi tu me parles ?

– L'EEE et tout ce cirque à propos de la votation. On veut être Européen, on veut rejoindre les autres pays, on en a marre de tous ces Totos, tu sais de quoi je parle.

François se leva en soupirant et réunit avec sa main les miettes éparpillées sur la table.

– Hein, qu'est-ce que tu dis de Jacques Pilet ? Il avait raison de chier sur les Suisses allemands comme il l'a fait ?

– Putain, tu es lourd. Laisse Jacques Pilet en dehors de tout ça.

– Non, il faut en parler, au contraire. C'est pas lui qui disait que la Suisse allait exploser ou je sais pas quelle connerie ? Maintenant on est foutus, il écrivait, et tout ça c'est la faute des Alémaniques.

– On est obligés de reparler de cette vielle histoire ?

– Et pourquoi pas ?

François tenait toujours les miettes dans sa main fermée.

– Tu peux te pousser pour la poubelle ? dit-il.

– Moi je vais te dire un truc, tu le reconnaîtras jamais, mais on a eu raison contre vous en 1992.

François jeta les restes de pain dans l'évier et partit s'enfermer dans la salle de bain. Mais Franz n'en avait pas terminé avec l'EEE.

– Tu peux me dire ce qu'on serait devenus si on avait dit oui comme des cons ? On serait membres de l'UE et on aurait plus rien à dire. Et tu sais quoi, on paierait des millions ou des milliards dans le vide, alors que là on fait ce qu'on veut et on peut envoyer tous nos produits partout en Europe.

Il n'y eut pas de réponse mais il n'en attendait aucune.

– Tu peux nous dire merci, non, *vous* pouvez nous dire merci. Merci les Totos, merci d'avoir réfléchi à notre place !

La porte s'ouvrit et François réapparut.

– O.K., je veux bien reconnaître qu'on s'est en pas mal tirés avec les accords bilatéraux, mais il y a une chose que je ne te laisserai pas dire.

– …

– On n'a pas de complexes vis-à-vis de la France, on s'en fout d'eux et on n'a pas attendu qu'il y ait un roi de France pour parler cette langue. C'est clair ?

– C'est clair.

– Deal ?

– Deal.

– Alors tu me laisses aller chier tranquille et si tu veux encore rajouter quelque chose à ce sujet, tu le fais maintenant ou alors tu fermes ta gueule pour de bon.

Franz ferma le robinet et sortit un linge propre d'un placard. Il astiqua une tasse en se demandant s'il allait de nouveau passer la journée seul Big Ben.

– Alors ? dit François.

– Rien à ajouter, sauf peut-être une chose.

– Vas-y…

– J'ai vraiment besoin d'être seul.

# Epilogue

François séchait devant son ordinateur depuis vingt minutes quand son collègue arriva. Pour la forme, il tapa n'importe quoi sur son clavier, faisant comme si la rédaction de la page « catalogues » l'accaparait totalement, mais sa tête tournait au ralenti. Son séjour à Zurich l'avait lessivé. Il était reparti en milieu de journée, alors qu'il avait prévu de sortir le soir avec Franz, et leur conversation qui avait fini en queue de poisson l'avait plombé. Au final, c'était peut-être vrai : ils ne seraient jamais amis, ou ils ne le resteraient pas.

Le réd chef fit son apparition juste après Chantal, la secrétaire de rédaction, et tout le monde se mit au boulot. Ça écrivait et ça téléphonait, tous se donnaient à fond, sauf François. Le catalogue USA/Canada dont il devait résumer le contenu lui tombait des mains. C'était le degré zéro de l'écriture et pourtant il était incapable de pondre la moindre ligne. Il se leva pour consulter *Le Petit Robert des noms propres*, qu'il ouvrit par dépit. Il lut qu'un gros paquet d'or avait été trouvé en 1897 dans plusieurs affluents du Klondike. Près de trente mille personnes avaient planté leur tente dans la région, expliquait en substance le dico, ce qui avait permis à Dawson City et Whitehorse de prospérer jusqu'en 1904. Il se dit que ça ferait à l'occase un papier intéressant, surtout s'il appelait le PM, Reto Sprüngli, qui n'avait sans doute rien à dire sur la ruée vers l'or, mais qui avait peut-être ramené de là-bas des prospectus d'un quelconque musée de la pioche ou de la pépite.

François était aussi secoué par ce que Sylvain leur avait dit la veille. Ça concernait le *big boss* de Swissair, Bruggisser *himself*, et plus particulièrement sa stratégie du chasseur. En gros, il manquait de l'argent dans toutes les compagnies du groupe: cent cinquante millions de francs chez LOT, deux cents chez TAP, cent cinquante chez Volare, entre trois et cinq cents chez LTU et plus de trois cents dans toutes les filiales françaises (AOM, Air Littoral, Air Liberté). Sans parler même du trou de cinq cents millions chez Swissair et Sabena, dont les performances étaient décevantes et les perspectives peu enthousiasmantes. L'arrogance de l'Argovien, à l'image de celle de tous les Suisses allemands, avait écœuré François. Ça donnait des leçons et ça tuait Swissair à petit feu, n'importe quoi.

François revoyait encore Bruggisser dans son costard étriqué lors d'une entrevue dans l'ancienne aérogare de Cointrin. C'était à l'occasion d'une fête organisée par Swissair pour les agents de voyages romands. Il y avait participé en tant que rédacteur de *La Gazette du Tourisme*. Juste avant de passer à table, le chef du service de presse était venu vers lui. Ça te dirait d'être à la table de Bruggisser ? François avait tout de suite dit oui, pensant qu'il allait souper à côté du Mick Jagger de l'économie, ou du Paul McCartney de l'aviation civile. A l'époque, l'ex-comptable jouissait d'une forme d'aura : sa gestion du crash du SR111 et la manière dont il avait piloté la com avec Beatrice Tschanz l'avaient élevé au rang de grand communicateur. La *Handelszeitung* l'avait même classé parmi les dix meilleurs managers de l'année 1998.

François s'était assis à la grande table ronde, pas directement à côté de Dieu le Père, mais suffisamment proche de lui pour sentir le mépris qui suintait de tous ses pores. On lui demandait s'il y aurait à terme davantage de navettes entre Genève et Zurich. Il répondait avec la langue de bois habituelle, on étudie la situation, l'offre sera adaptée en cas de besoin, etc. François avait hésité à lui poser la seule question qui lui semblait importante. A plusieurs reprises, il avait eu les mots au bout des lèvres, mais ils n'étaient pas sortis. Il était gêné par la configuration de la table et par les soupirs discrets du patron de SAirGroup. Quand il avait vu Bruggisser regarder sa montre, François s'était dit que c'était maintenant ou jamais. Monsieur Bruggisser, avait-il lâché d'une voix à peine audible. L'autre s'était tourné vers lui et ses yeux de varan l'avaient fixé. Pensez-vous qu'à terme EasyJet Switzerland puisse prendre la place de Swissair à Genève ? Bruggisser n'avait pas cillé, il était resté totalement impassible et il avait répondu non avant de se lever. L'interview exclusive avait duré deux secondes et demie.

Cette suffisance tout alémanique, François la retrouvait aussi lors des workshops pour agents de voyage. Le dernier auquel il avait assisté – un chef-d'œuvre du genre ! Je vous prie de vous relaxer et d'écouter nos nouveautés, avait lancé l'oratrice avec son accent de là-bas. Elle avait un foulard sur la tête et un tablier, la panoplie de la voyante Monica – son nom de scène – qui allait présenter les nouveautés du tour-opérateur. Derrière elle, un collègue avait poussé vers le public un panneau sur roulettes avec, punaisé dessus, une photo de fleur.

– Mais qu'est-ce que cette fleur peut bien faire à notre workshop ? Ça a un rapport avec Iris, bien sûr ! Iris, notre nouveau système de réservations… J'en entends qui applaudissent, mais attendez !

François avait regardé autour de lui. Personne n'applaudissait, mais, curieusement, personne non plus ne riait. Monica avait passé le témoin à un collègue de Genève, dont l'accoutrement avait tout de suite confirmé l'impression qu'ils avaient tous basculé dans un univers parallèle. Il portait une casquette à l'envers, un survêtement baggy et une grosse chaîne autour du cou.

– Salut Monica, ça te dirait de voyager avec moi ? avait-il dit en mâchant un chewing-gum.

– Ça oui, Martin, je veux beaucoup visiter des *paies* avec toi.

Ils s'étaient alors embarqués dans un tour du monde de pacotille. Le collègue assigné à la régie avait retiré la photo de fleur du tableau pour y punaiser de travers une carte du monde trop grande. Mais personne n'avait eu l'air de se formaliser de ce grand n'importe quoi – la carte toute chiffonnée, le panneau à roulettes couinant à chaque déplacement et les deux comédiens amateurs gesticulant devant lui. Ils avaient alors commencé à égrener les nouveautés de la production en plaçant des triangles aux endroits qu'ils évoquaient.

– Nous quittons la brise paisible des côtes verdoyantes de l'archipel pour poursuivre notre navigation sur cet océan aux reflets mordorés, disait Martin, soudain très en verve et complètement hors de son personnage de rapeur à casquette.

– Notre mouillage se fait au large de Phuket, où il y a le *Frauenpower*, enchaînait Monica.

Martin avait sorti un parapluie après avoir posé un triangle sur le cap de Bonne-Espérance, puis un PM zurichois les avait rejoints sur la scène improvisée. Il avait l'air spécialement nerveux, peut-être à cause de la langue, mais plus sûrement en raison de la performance artistique qu'il s'apprêtait à livrer face à un auditoire toujours aussi studieux.

– Il y a une évidence qui s'impose, avait-il dit en se tenant raide comme un piquet. Le froid et le gel s'installent. Finies des glaces et des boissons fraîches.

Il avait vanté les « tasses en dur » de chez Swissair, puis s'était lancé dans un ballet virevoltant. Tout en comparant les villes à des boissons chaudes – Rome, le café ; Vienne, le chocolat chaud ; Londres, le thé noir ; Marrakech, le thé à la menthe ; Shanghai, le thé vert ; Santiago du Chili, le maté ; etc. –, il s'était livré à des allers-retours incessants entre la salle et un plateau posé près du panneau où Martin collait des triangles à tour de bras. A chaque fois que le PM citait une ville et la boisson qui y était associée, il courait prendre une tasse, qu'il remettait ensuite à un participant du workshop, et ainsi de suite.

La voisine de François s'était retrouvée avec un mug rempli de café filtre (New York), que le PM avait d'abord voulu lui refiler avant qu'il ne se rende compte qu'il prenait des notes. Puis ça avait été au tour de la présentation de l'équipe du Sales Center de Zurich. Chacun y était allé de sa petite phrase apprise par cœur et récitée comme s'ils étaient des otages avec une arme pointée sur la gueule.

– Bonchour, je suis Bruno Schmutz, j'aime le badminton, le *djass* et Munich. Je veux vous souhaiter le bienvenue, avait dit Bruno Schmutz sur un ton nasillard, sans que François comprenne s'il était amateur de jazz ou de jass.

– Bonchour, je suis Jasmin Stückelberger, j'aime des fruits, le sport et mon petit chien Ricky. Avec mon *Spatz*, on a beaucoup du hobby comme la collection des *Deutsche Schäferhunde* comme Ricky, avait enchaîné Jasmin Stückelberger en hachant chaque syllabe.

François avait regardé autour de lui et personne n'avait semblé sur le point d'éclater de rire. Il était donc le seul à trouver cette performance risible, lamentable, ridicule ? Les cerveaux étaient lavés, ils étaient même étincelants ; Bruggisser et sa clique avaient encore de beaux jours devant eux.

**Von:** Meyer Franz
**Datum:** Freitag, 20. Oktober 2000 15:28
**An:** François
**Betreff :** Re : Hello

Salut François,
T'inquiète: j'ai bien compris. De toute façon, tu l'as dit: on a eu raison pour l'EEE;-)
Mais bon. J'aurais dû te dire ça d'abord: je me suis fait virer. Du coup, j'étais un peu énervé.
Je t'appelle ce week-end.
Franz

Am 19.10.00 um 17:47 schrieb « François » :

Hoi Franz,
On s'est un peu quittés sans se dire au revoir l'autre jour. Tu m'as bien gonflé mais je voulais quand même prendre de tes nouvelles. Je te disais que tu m'as aidé parce que tu es égoïste; tu as bien sûr compris que je racontais des conneries.

Bon, appelle-moi si tu veux. Tu sais que tu es toujours le bienvenu à Genève !
A plus,
F.

P.S. Emil m'a demandé de tes nouvelles !!

⁕

**De :** François Monney
**Date :** vendredi, 20 octobre à 15:30
**A :** Franz
**Objet :** What !!!

Tu déconnes ou quoi ?! Tu t'es fait virer ? C'est pas à cause de la carte, j'espère ?

⁕

**Von :** Meyer Franz
**Datum :** Freitag, 20. Oktober 2000 15:31
**An :** François
**Betreff :** Re : What !!!

Sven a jamais pu me saquer. J'avais bien senti le truc venir. Et puis il y avait toute cette histoire avec M. Ça commençait à puer, je suis content que ça s'est terminé.

⁕

**De :** François Monney
**Date :** vendredi, 20 octobre à 15:33
**A :** Franz
**Objet :** Re : What !!!

J'espère vraiment que j'y suis pour rien, ce serait vraiment trop con si c'était à cause de cette putain de bague.
Mais je te fais confiance : tu vas retrouver sans problème un job. D'ailleurs, il n'y avait pas un chasseur de têtes qui t'avait contacté pour un poste de directeur à Langenthal ?

❋

**Von :** Meyer Franz
**Datum :** Freitag, 20. Oktober 2000 15:34
**An :** François
**Betreff :** Re : What !!!

???

❋

**De :** François Monney
**Date :** vendredi, 20 octobre à 15:36
**A :** Franz
**Objet :** Re : What !!!

Mais oui, tu sais, le truc dans une boîte d'équipement sportif. Ou alors c'était les tables d'opération ?

Quoi qu'il en soit, je ne me fais aucun souci pour toi. Prends ça comme un signe. C'est le moment de bouger et de faire autre chose. Et ça me fait penser que je devrais peut-être moi aussi songer à décoller. Semaine prochaine, tu viens ?

❋

**Von :** Meyer Franz
**Datum :** Freitag, 20. Oktober 2000 15:37
**An :** François
**Betreff :** Re : What !!!

Nah, ça joue pas. Toi, par contre, tu peux être là dans deux semaines ? Je déménage.

❋

**De :** François Monney
**Date :** vendredi, 20 octobre à 15:38
**A :** Franz
**Objet :** Re: What !!!

???????????

❋

**Von:** Meyer Franz
**Datum:** Freitag, 20. Oktober 2000 15:38
**An:** François
**Betreff :** Re : What !!!

Je te raconterai. Bes gli, Franz

⁂

**De:** François Monney
**Date:** jeudi, 26 octobre 2000 à 07:13
**A :** Franz
**Objet :** FW : Le reste de mes affaires

Hoi Franz,
Juste pour te montrer à quel niveau ça vole par ici. Ci-dessous le mail reçu de Carole hier soir. Bizarre, elle m'a pas parlé du chat…
A plus,
F.

Le 25.10.00 22:22, « Carole » a écrit :

Salut François,
J'espère que tu vas bien.
J'ai réalisé qu'il me reste encore quelques affaires chez toi. Est-ce que tu pourrais stp regarder dans l'étagère s'il n'y a pas mes CD des Cure, et sous le tourne-disque mes vinyles de Spandau Ballet et Funkadelic ?

Autre chose : à la cave, dans le placard tout au fond (pas le brun), je crois que j'ai laissé mes chaussures de ski et peut-être mon bonnet bleu. Tu peux jeter un œil quand tu as un moment ?
Pas besoin de m'envoyer les affaires, je passerai les prendre.
Bien à toi,
Carole

*

**Von :** Meyer Franz
**Datum :** Donnerstag, 26. Oktober 2000 07:13
**An :** François
**Betreff :** FW : Le reste de mes affaires

No comment.

*

**Von :** Meyer Franz
**Datum :** Sonntag, 4. November 2000 20:55
**An :** François
**Betreff :** Merci

Salut François,
Ben merci. Je pensais pas qu'on pourrait tout mettre dans le camion hier, mais finalement c'est entré. Désolé pour mon frère, hier soir, il est pas très subtil. Mais bon, comme ça tu auras vu à quoi

ressemblent les soirées dans la campagne lucernoise.
Je suis repassé à l'appart après t'avoir accompagné à la gare (putain j'arrête pas de roter le Burger King, j'aurais dû demander sans la sauce). C'était vide, ça faisait bizarre. On se reverra avant mon départ.
Bon retour, tchüss !
Franz

❋

**De :** François Monney
**Date :** dimanche, 4 novembre 2000 à 23:59
**A :** Franz
**Objet :** Re : Merci

Hoi Franz,
Oui, ça fait bizarre. Surtout de voir le matelas dégonflé au fond d'un carton…
Mais ça fait encore plus bizarre de savoir que tu vas partir. L'Amérique latine, ouah ! Je sais qu'on a pas mal voyagé quand on était à Swissair, mais là ce sera différent. La Havane : pas mal pour commencer. Tu me diras quand tu réserves, il faut qu'on se fasse une sortie avant ton départ. D'ici là, essaie de revoir un coup ta Française – non je déconne, surtout ne t'approche pas d'elle !
De mon côté, promis, je vais trier mes affaires. Marre de ces bibelots qui traînent sur les étagères.

Les porte-clés à la con, les bouteilles remplies de sable, les marque-pages à pompon, les plaques d'immatriculation « François » et « Carole » : finis ! Et je ne te parle pas du sombrero qu'on avait acheté à Mérida – pourquoi ce machin est accroché en face de mon lit ? Tu m'étonnes que je n'aie pas baisé une seule fois depuis son départ.
On se tient au courant, à plus !
F.

✵

**De :** François Monney
**Date :** dimanche, 11 novembre 2000 à 18:21
**A :** Franz
**Objet :** That's it !

Hoi Franz,
Carole est venue. Tu veux savoir comment ça s'est passé ?
Je suis à la maison avec le chat, j'attends son coup de fil. Elle m'appelle enfin. Voix stressée, ton limite, propos incompréhensibles. Je réalise qu'elle est coincée dans le trafic. Pas de souci, prends ton temps, je lui dis. Vingt minutes passent, puis trente. Je tourne en rond mais je prends mon mal en patience. Quarante-cinq minutes plus tard, ça sonne de nouveau.
– Je suis là, elle me dit.

Je sors sur le balcon et je regarde en contrebas. Un SUV est garé près de la cabane à marrons. En attendant qu'elle monte, j'arrange les coussins que le chat a tout chamboulés.
Quelques minutes plus tard, mon téléphone sonne de nouveau.
– Qu'est-ce que tu fais ? elle me demande.
– Bah je t'attends.
– Pourquoi tu descends pas avec les affaires ? Je suis garée n'importe comment.
Je réalise soudain qu'on n'a jamais parlé de la façon dont on procéderait à la remise de ses affaires. J'imaginais qu'elle monterait, histoire de s'assurer elle-même qu'il n'y avait plus rien à elle ici. De son côté, elle pensait que les cartons viendraient à elle.
– Tu ne veux pas monter deux minutes ? je lui demande.
– Pas le temps, désolée.
Elle boucle et je contemple les trois boîtes dans le hall. Putain, ce sera à moi de les descendre, je me dis. Je serre les dents et je sors son bordel dans le couloir.
J'appelle l'ascenseur, je mets tout le barda dedans et je me colle tout contre. J'appuie sur le bouton du rez. Ça met quelques secondes avant de se refermer et, quand la porte coulisse, elle bute contre un carton. Ça se rouvre.
Et là j'ai une sorte de révélation. Je sors de l'ascenseur et presse de nouveau sur le rez. Ça se ferme

et par la fente je vois la cage qui descend. Toute seule, comme une grande.

– Tes affaires sont en route, je dis à Carole par téléphone.

– Quoi ?

– Il y a trois cartons. Dépêche-toi de les sortir avant que ça remonte.

Après, je suis allé sur le balcon. J'ai regardé en bas. Il y avait toujours le SUV à côté des marrons. D'abord pas de Carole, puis je l'ai vue qui tirait les machins jusqu'au coffre. Le vendeur lui a donné un coup de main pour les deux premiers, mais elle a dû se débrouiller seule avec le dernier. A un moment, elle a levé la tête. Je lui ai fait un signe de la main et je suis rentré.

That's it !

Merci d'être là. Merci d'être mon ami.

A plus,

F.

Le portable bipa. François ouvrit l'œil et sentit le chat allongé contre lui. Il tendit son bras jusqu'à la table basse et saisit l'appareil. C'était Franz : « Bons baisers de Paris ! » Il se redressa sur son canapé et relut le message. Paris ? Nouveau bip : « Après tout on n'est plus collègues… » Le chat ouvrit un œil puis se colla encore plus contre son maître.

Dehors le trafic était à l'arrêt et dans l'appartement planait un calme assez inquiétant. Ça ressemblait à la fin de quelque chose, mais François ne savait pas très bien de quoi.

La sonnette retentit. Ça pouvait être Franz qui lui rendait une visite surprise, après le coup du SMS qui n'était peut-être qu'un canular. Un dernier tour de piste avant le grand départ.

La porte s'ouvrit sur Nora.

– Salut, dit-elle.

– Salut.

Elle lui tendit une boîte qu'il reconnut tout de suite. Comme il n'esquissait aucun geste pour la prendre, elle insista.

– Mon père m'a dit que c'était pour moi, mais non.

Il finit par accepter la bague, et, quand il ouvrit l'écrin, les carats l'éblouirent.

– Je te l'offre de bon cœur, dit-il.

– Aucun doute là-dessus, mais je ne peux pas. Pas comme ça.

Il y eut un silence. François pensa que c'était effectivement la fin d'un chapitre, mais pas de celui qu'il aurait voulu voir se refermer.

– Bon, ben, salut, dit-il en fourrant la bague dans sa poche.

Elle tourna les talons, il ferma la porte.

La main toujours sur la poignée, il observa le chat sur le canapé. C'était l'heure de la grande toilette.

La seconde d'après, il rouvrit. Nora, qui s'apprêtait à disparaître chez son père, se retourna.

– Je peux te poser une question ?

Elle acquiesça.

– Qu'est-ce que tu penses de moi ?

– Ouah, tu y vas fort, dit-elle avec une pointe d'ironie.

– …

– Tu veux vraiment le savoir ?

– Je crois que je suis prêt à tout entendre…

Elle s'approcha.

– Au début je pensais que tu étais un peu maladroit, frustré et pas très malin.

– …

– Maintenant, j'ai compris une chose : tu es *très* maladroit, *désespérément* frustré et *vraiment vraiment* pas très malin.

– O.K.

– Ça te va comme réponse ?

– C'est une réponse, dit-il en reculant d'un pas dans sa tanière.

– Mais si tu veux aller boire un verre, je veux bien.

– Là, tout de suite ?

– Non, j'ai promis d'emmener mon père faire des courses. Demain ?

– O.K.

Elle lui sourit et disparut. François, lui, retourna au salon, où il s'assit à la table à manger. Dehors le trafic avait repris.

Le chat vint vers lui. Il s'arrêta et lorgna ses genoux. Puis il se dandina jusqu'à l'autre bout de la maison. Royal, il s'étala de tout son long, près de l'étagère. Sa journée était faite, il pouvait savourer.